ジョニ黒

永井みみ

集英社

ジョニ黒

夏は、俺を溶かそうという魂胆でねばり強くからみついてくる。

俺は、全体重でそいつを蹴り返してる。

おろしたてのシューズの底に感触がある。

アスファルトの悲鳴がざらついた校舎の壁に反響し、きゅんきゅん鳴った。

見ろ。道路の先っちょがふにゃふにゃしながら、こころもとなく空に助けをもとめてやがる。

だが俺は、容赦しない。はるかうしろをぶざまに歩くモリシゲにたいするのと同様に。

「まっておくんなましぃ〜、若旦那たちぃ〜」

守川茂雄。通称、モリシゲ。

ハーフといえども、百パーセントにかぎりなくちかい外国人のお顔でわざと寄り目をしながら叫んでる。

「まってよ～ん。まってちょうらいよ～ん」

プライドを、捨てるな。男のこころのよりどころを、そうやすやすと手放してはいけないよ、金髪の君。こころの中だけで、君をさとす。もっとも君はハナからプライドなどというものは持ちあわせていないだろうが。

「ちょっと、なにあの子？　かわいい顔してんのにねぇ」

すれちがいざま、おばちゃんたちがわらってる。

「マドモアゼル」

立ち止まり、振り返ってモリシゲは、無敵の必殺技ローヤル・エンジェル・スマイルを繰り出した。

「ボンジュール、マドモアゼル、シルブプレ、ケツカセ！」

やっだぁ！　歓声があがる。

俺は、極力関係のないフリをして前をゆく。

くうきはひとしきり濃度を上げ、なおもしつこくゆくてを阻み、溶け出したアスファルトが白一色のあしもとをけがし始める。あごを突き出し、あたまにたかる熱風をぶんぶんとふり払いながら、ようやく俺はたどりついた。

「やりぶー」

電柱の真昼の短いかげは、犬の小便くさかった。

「とうちゃくぅ」

おくれて来た仲間たちがつぎつぎとからだの一部をかげの中にすべり込ませ、陽ざしによる燃焼をまぬがれたちっちゃい部分であんどする。さいごにやってきたモリシゲが、黒いブツのいっこいっこを所有者目掛け投げつけた。

「なんなんだよー。重すぎだろうがよっ。いったいぜんたい、なにが入ってんだよ！」

やっぱほらっ、プリントとか、なっ。誘発されたゲラゲラわらいが、今まさに始まろうとしているサマー・バケーションへの期待をいやがおうにも掻き立てる。

「くそっ。はやく次のジャンケンやろうぜっ！」

臨戦態勢で前傾姿勢をとり、モリシゲが言った。

「そだな。あ、けどちょっとタンマね」

俺はタンマと同時にハッチをあけて機体をとりだし、電柱の根元めがけて放尿した。

「コンコルド・ビーーーーム！」

わっ、きったねーっ。みなさんが一斉に飛び退く。

「ならこっちは、ジャンボジェット・フラーーッシュ！」

モリシゲが、対抗意識を燃やしてくる。いったん飛び退いたみなさんもつられてもよおし、それぞれの機体片手に攻撃を始めた。

放射状に配備された四年四組のチンチンマン五人にやられ、電柱は貼られた紙を白旗みたくぺらぺら振った。

ホステスさんだいぼしゅう、だって。ひとづま、みぼうじん、しろうとさん、がくせいさん、だいかんげい、だって。かんないえきもより、キャバレー・ワンダー・はなぞの、にごうてん、だってさ。漢字博士の上条くんが読み上げる。

すげーな。口々に言い機体をしまいハッチを閉じる。けどほんとのとこ、なにがすごいのかはわからなかった。

おもむろに、てのひらを太陽にかざしてみる。

俺の血潮は、赤かった。

左手の人差し指を右手の甲に突き立て、しわの寄り具合により、一本だったらグー、二本だったらチョキ、それ以上だったらパーを出す『ひとり作戦会議』を、やる。

気合い入っちゃってますねぇ〜、アキラくぅ〜ん。ななめ背後からのぞき見したモリシゲが、ししし、とわらった。

「おしっ、もういいやっ。やるぞっ！」

腹立ちまぎれに、戦いの火ぶたを、強引に切ってやる。

「おっしゃー、じっ、けっ、ぴ！」

そんで、おわった。一瞬にして。

なっ。モリシゲが、あとのみんなに目配せしてる。

「アキラはさ、気合い入るとかならずチョキ出すからさ。親指と人差し指の、ピストルのチョキ」

視線を落としたその先に、きつく握られた拳銃があった。

ほらな、じゃそゆことで。モリシゲが一段ぬかしで階段をゆく。わりーわりー。すこしだけすまなそうに、あとのみんなが追従する。

「……いいって……ことよ」

きのうの友は、きょうの敵。いいさ、ゆけ、ゆくがいい、卑劣な陰謀に同調した弱き者どもよ、はやく俺の視界から消えるがいい。それも、てぶらで。

いつのころからか俺は持ち重りのする拳銃を持ち、じぶんでも気づかぬまま取り出していたというわけか……いまさらに魂のハードボイルドに気づく。持ち上げた右手に左手をそえ、とおざかりゆく敵に向かって引き金を引いた。

ズキューン、バリューン、ズドーン、ドカーン。

ふっ。銃口から立ち昇るしろいケムリを吹き消して、片頰でわらう。視界から敵は消え、気を取り直して俺は、例のブツをいっこいっこ拾いあげ、前に一、うしろに一、左に一、右に二、抱え背負い最初の一歩を踏み出した。

ひとはそれを、『魔のキッキッ・ゾーン』とよぶ。

対岸にたどり着くまで、電柱はない。引き返すことのかなわない制限時間なしの死闘。すでに試合開始のゴングは打ち鳴らされ俺のファイトを急き立てている。おいっちにっ、おいっちにっ……千里の道も、まず一歩から。こうやって踏み出してしまいさえすれば、ぜってーいつかたどり着く。そそり立つ急こう配も、足元だけ見てれば、ただのちまちましたステップのつらなりにすぎない。


そうだ、アキラ。わかってきたな。


誰だっ？　孤高のぼくちんに、話しかけるやつは？

ふっ。と、声はわらった。

いつか、わかるべきときがきたら、わかるさ。

なんなんだよー、おもわせぶりにじらすなよなぁ。うわっ。はがれかかった滑り止めに、つまずく。ステップが目の前に迫り、俺は必死に手すりにかじりついた。おひーーっ。声が出る。俺らのルールはゲキキツで、少しでもランドセルが地面についたら前の電柱からやりなおさなくてはなんない。

そんなゲキキツ・ルールを作ったのは、なにを隠そう、俺だった。くっそー、恨むぜじぶん。

必死に体勢を立て直し、極限まで重心を落としたガニ股でゆく。おいっちにっさんし、にぃにっさん、さんにっさんし、しぃにっさん……そのときだ。頂上で、なんかが光った。

『平上歩道橋』

鋼鉄プレートが放つキラキラが、俺の目を射る。一年ぼうずのガキの頃から毎日上り下りしててもまったくその名を知らなかった、知りたいとすらおもわなかったが、俺の気迫にたじろいで、ついに自ら名乗りを上げたのか？

平上が苗字とするならば、歩道橋がお名前か？

歩道橋は男か？　女か？

ま、いっか、どっちでも。どっちにしても俺はゆくぜ、お前を乗り越えその先へ！　歯を食いしばり黒い屍肉《しにく》の重みに堪える。腕が肩が首が腰が太腿が膝がふくらはぎが総動員で、俺を上へ上へと押し上げている。

「うっりゃーーーーーーーっ！」

そんで。ついに俺は、平坦な道へたどり着いた。

あっ、は。こっからは、よゆーだな。よゆーよゆー。

だが。あるきはじめてすぐに鼻歌まじりのよゆーが吹っ飛ぶ。階段のサイドにあったプラスチック板のうっすいかげが、ここにはない。太陽ビームがちかいぶん、あちー。おまけに足を前に出す度、ごぼごぼとやな音がした。

あらためて気づく。歩道橋って下が空っぽなんだよな。

県道二十一号、またの名を鎌倉街道。立ち込めるスモッグが汗と混じり、抱え背負った黒い死骸が死臭を強めた。

先の信号が赤になり、車の流れがせき止められてちょうど真下にトラックのホロがある。きわきわに佇み、しみじみながめる。鳩のフンが点々と付着した布製のホロは、ぼろっちいけどやさし気で、ほんのちょっぴり哀し気だった。

かつて平原を駆け巡り、ピラニアの生息する川を群れを成してわたりきった五頭の勇ましい水牛どもよ！　とうとう見つけてやったぞ、おまえたちにふさわしい墓場を！

来る日も来る日もいたずら書きだらけの教科書を運んでくれて、ありがとう。折れた鉛筆の芯と牛乳のしみ込んだ給食袋にさいなまれつづけた日々よ、さようなら。

「ゆけ！　かなたへ！」

いっこめのランドセルを投げようとしたまさにその時、あらがえないなんかが、俺をすっぽり包みこんだ。

……ぼく。

あらがえないなんかとは、においだった。

全宇宙をないまぜにする、におい。あっまーい、におい。

……ぼく、……あぶないわよ。

おんなは、ふってわいたように、そこにいた。

あ、すんません。なぜだか俺が、あやまってる。

ふふ。おんなはわらい、まっ赤なくちびるをうごかして歯のすきまからことばをはいた。

……ねえ、ぼく……いきるのって……かんたん、かんたん、でしょ。

ことばは、コンマ六秒おくれて、こまくにとどく。

……だから、もっと……かんたんそうに、いきれば。

なにを言われたのか一瞬わからず、すこし経っても、わかんなかった。だがしかし、反射的に俺は言った。

「あ、はい」

ふふ。おんなはわらい、去ってゆく。うしろ手に、ゆび先だけをちろちろふって。こすりあわせた内股で、さらなるにおいを製造しながら。おんなの向こうで高くなりすぎた街路樹がゆれ、校庭の隅っこのひょうたん池で鯉が跳ねる音がした。

　おくちをあけて、おんなを見おくる。おんなはゆるゆるとくゆりながらとおざかり、曲がり角でふりむいた。

　……ぼく……けがはえたら……いらっしゃい。

　へ？

　……おやふこうどおり……ぷるぷる、ぷりん。

　なぞすぎる暗号だけを俺のハートに刻みつけ、おんなが消える。こころに、ちかう。きっときっと俺はゆく。

　ああああっ、はやく毛がはえねーかなっ。

「バビューーーーーーン！」

　マッハ5で駆け抜ける。雄牛五頭の屍《しかばね》がかるくなる。

　一段抜かしで階段を下りると、階段の下でひとまわりちっちゃくなったガキどもが、心配そうにこっちを見てた。

「わっはっはっは、ゴーーーーーール！」

　ひとりひとりにランドセルを投げつけて、俺はわらった。

アキラ、だいじょぶ？　モリシゲが心配顔で、俺のおでこに手を当ててくる。わっはっはっは、君にもはやくはえるといいねっ。……なにが？

「毛、が」

そのことを知らしめるため、ひとりひとりの股間をぎゅんぎゅん握ってやる。

わーーーーっ。なにすんだおー。ひいいいいいいっ。

握り握られ、揉み揉まれ。せつない悲鳴がお空にとどく。

かんかん照りのお空はそこだけやられ、突然の雨をバラバラ降らせた。突如、冷や水をあびせられる。

「あ、塾の時間だったわ」

正気に戻り、ひとりが去る。おれも、おれも、と去ってゆく。蜃気楼じみてとおざかる中学受験三人組の後ろ姿を見送ったあと、俺とモリシゲは顔を見合わせアカルくわらった。

「アハハーン」

「ウフフーン」

わらいながらモリシゲは足もとのゴミを拾い、屑籠に投じた。こうゆうことしてんの、あいつらにはナイショだぜ。

……………。モリシゲに、倣う。

俺たちは、あたりに落ちてるゴミを拾い、ゴミを捨てた。

「ゴミのない、花のある町、ぼくの町！　だもんな」

ゴミ収集車一台一台のボディーに書かれたその言葉は、ご町内の、南区の、横浜の、魂のスローガンなのだった。

これってよくよくかんがえると、かっちょいーよなっ。うちんちのじーちゃんなんか、勝手にこれに節つけてうたってんだぜ。ごみのなぁ〜い、はなのあるまちぃ〜、ぼくのまちぃ〜、ってさ。はは。

モリシゲのじーちゃんとは、『巴町《ともえちよう》の守護神』の異名を持つ、町会長さんなのだった。

ごみのなぁ〜い、はなのあるまちぃ〜、ぼくのまちぃ〜

ためしにソプラノでうたいながらゴミ拾いをやってみると、作業効率がうそみたいにアップした。

こんくらいで、いっか。そだな。ゴミ拾いを終えると、こころの中のモヤモヤもきれいさっぱり吹っ飛んでいた。

歩道橋の裏に、まわる。

かげは、歩道橋の裏に吹き溜まりとなって濃度を上げ、息をひそめてじっとしていた。

「クッロ、ちゃーん」

かげの奥にとどくよう、気持ちを合わせてまっ直《す》ぐ呼ぶ。

「おーい、クロちゃーん」

かげが、うごく。中心からじわじわ波及し、ぜんたいが揺れる。息をすう。すると、近年わすれかけていた小児ぜんそくが、気管の奥でかすかに芽吹いた。

うちがわの草原に、佇む。

さいしょ、風はちいさい。細い葉っぱのつける傷の感触をたしかめながら、おそるおそる息をすう。俺は、発作の恐怖を知ってしまっているがゆえ、発作が起きていないときでも必死に生きる『生き癖』がついてる。先のおんなはそんな俺の生き癖を瞬時に見抜き、「いきるのって、かんたん」などと言ってきたのか？

おんなの言葉を反芻《はんすう》すると、ぬるくてあまい血の源流にたどりつく。血の源流は、股間にある。股間に気合いを入れて俺は、発作の予感をむりやりあっちに押しもどした。

「やあ、クロちゃん！」

歩道橋の下にあるかげの支配者。君臨するかげの帝王を、かるい調子で呼んでみる。

「クロちゃん。これっ、昨日の給食の食パンだよっ！」

差し出す俺を押しのけ、モリシゲが前に出る。

「これは、じーちゃんに内緒でもってきたやつです。よろしかったら、召し上がってください。どぞ」

俺を押しのけたくせしてモリシゲは、謙遜した態度をとり、お辞儀しながらおずおずとブツを差し出した。

あったまにくる。が、まてよ。与える者と、与えられる者。どっちが優位か、身をもって示してくれてんのかも。

「よろしかったら、てまえどもで開けましょうか？」

徹頭徹尾、腰を屈め恐縮しているモリシゲの手に握られていたのは、固形物の王者コンビーフだった。

あ。せり出したかげに、見えない速さで奪い取られる。

ついでに。俺が持っていたパンも、奪われる。

怒濤《どとう》のかげが静寂に帰す。すべては一瞬の出来事だった。

俺たちは、安堵の息をながく吐いた。

いつのころからか俺たちは、歩道橋の下に棲みついた人間を『クロ』と呼び、差し入れをしている。当初五人いた差し入れ隊のメンバーは、塾を理由にひとりまたひとりと脱落し、俺とモリシゲだけが居残っていた。

「な、アキラ！　勉強マシンのあいつらに対抗して、俺らはさ、一生あそんで暮らそうぜっ！」

「そだなっ！」

けど……………あそんで暮らすその先って、なに？

問いかけの先にはクロがいて、そっからのびる反転した階段は、お空の裏へつづいてる。


「あば」

曲がり角で手をふり、ふり返ることなくそれぞれの道をゆく。俺たちに再会の約束は、いらない。なぜなら、家がちかいから。モリシゲんちの庭で、モリシゲの帰還を察知したシェパード犬ヤマトが、腹に響く低音でぼんぼん吠えた。

すこし行って、立ち止まる。

奥まった俺んちの手前の空き地で、たき火が燃えてた。

「おっ、アキラ、半ドンか？」

無遠慮な呼びかけを完全無視して、たき火のわきを素通りする。おいアキラ、こっち来て見てみろっ。

なれなれしく肩を組み無理やりなんかを押し付けてくる。

「ほら、なに照れてんだよ。な。このおんな、どーだ？」

押し付けられたエロ本の、湿気《しけ》った臭いが鼻につく。

「マチ子にはナイショにしとくからよ、とっとけよ」

あきらかにオバサンと判るおんながセーラー服をたくしあげじぶんで乳を揉みしだいている写真は、見ているだけでかなしくなった。な、いーだろこのおんな。ハンチングを被りなおしてウィンクする。

「ヒデちゃんて、アル・パチーノに似てんのよね」

マチ子の声が脳裏をよぎり、俺はむごんでもえさかる火にエロ本を投じた。火は、舌なめずりをして、かなしいおんなを迎え入れた。乳を焼き、口を焼き、鼻がもげる。アイシャドーに縁どられた、なんも考えてなさそうなバカっぽいおんなの目は、マチ子の目にそっくりだった。

そのことに日出男もどうやら気づいたようだ。

はは。ま、どっちにしろ燃やすつもりでいたんだからよ。

尖った犬歯がきらりと光る。日出男はマチ子の『犬』だった。

「マチ子、まだですか？」

父さんがいなくなってから俺は、母親をなまえで呼んでる。

「そろそろ帰ってくんじゃねーのか」

昼休みになると、マチ子は勤めている文房具屋からいったんもどってメシをつくる。インスタントラーメンか、チャーハンか、焼きそばか……ひとつの鍋でつくる、うまくもまずくもないメシを差し向かいで食べる。そんなふたりの生活のどこに、足りないものがあったのだろうか？　かつて俺の座っていた位置に今は当然のように日出男が座り、マチ子は俺たちふたりを見くらべて、いつもニヤニヤわらってる。

日出男の予言どおり、角を曲がって事務服のマチ子がひょっこりあらわれる。

「なに？　ふたりしてなにしてんの？　たき火？」

「そ」と言って、胸を張る。季節はずれの過酷な風物詩を自慢して日出男は、「な」とこちらに同意をもとめた。

日出男を無視して蹴った砂利のゆくえには、積み上げられたエロ本があった。

「やーねぇ。男たちって、エッチねぇ」

巻き添えを、食う。

「なんだよ。おめーだって、そーだろが」

俺はいつから透明人間になったのだろう？　俺を無視してイチャつきはじめる。やだもう、ヒデちゃんたらぁ。

俺がマチ子を「マチ子」と呼んだ瞬間から、マチ子は母親の役目をさっさと降り、堂々と一匹のメスになり下がった。そうして時々どっかから拾ったオスをつれてきた。オスはたいてい翌朝か昼ごろ、来たとき同様あいさつもなくいなくなる。日出男は、そんなオスの一匹にすぎない。

だけど……よほど行くとこがなかったのか、あるいはただカネがなかったのか、日出男が居ついてひと月が経ち、俺は未だそのことに慣れてはいない。

イチャついてるうち、マチ子の鼻息があらくなる。

「そうだ、おいっ。モロコシとかじゃがいもとかウィンナーとかよ、そんなのあったら持って来いよ」

さすがに気まずくなったのか、取り繕うように日出男がマチ子に命令する。銀紙にくるむの忘れんじゃねーぞ。はーい。サンダルのほそい踵を砂利に取られ、安香水の匂いがぐきぐきと傾きながらとおざかる。

「あれで、いいおんなぶってんだからよ」

あー、コケるぞ。日出男の予測どおり、マチ子がど派手にコケる。

「な」

はは。日出男はわらい、俺はなんだかとてもやるせない。

けっきょく。お隣に住むばーちゃんがいきなりあらわれ、

「男のくせして真っ昼間から仕事もしないでなにやってんだ！　みっともないからすぐ火を消せ！」

と怒鳴り、たき火はそこで撤収となった。

ばーちゃんひとりが住む漆喰《しっくい》の二階屋と、六畳と台所と便所だけのトタン張りの平屋の俺んちは、お隣どうしに建っている。敬虔《けいけん》なクリスチャンとして町内で名を馳せているばーちゃんは俺んちの大家で、娘のマチ子と孫の俺の監視役でもあった。

「あんな犬小屋でも他人に貸せばそれなりの実入りになんだ。それをロハで貸してやってんだから、住んでるやつらはだまって言うことを聞け！」

というのが、クリスチャンなのにごうつくばりなばーちゃんの口ぐせなのだった。

「働くか出てくか、どっちかにしろっ！」

日出男に向かって捨て台詞を吐き、ばーちゃんは入り口の戸をピシャリと閉めた。マチ子がペロリと舌を出す。

「ケチがついちゃったわね。おばあちゃんて、おんなのしあわせしらない人なの。だから妬いてんの」

ごめんね。と、マチ子は言った。これでふたりして餃子ライスでも食べてきてよ。言いな

がら日出男の胸ポケットに、千円札をくしゃりとねじ込む。おめーはよ？　あたし？　もう時間ないから、ジャムパンでも買ってって、あっちで食べる。じゃ、アキラのことたのんだわね。わりーな。いいのよ、アキラとなかよくしてくれてありがと。

ほっぺたに、チュッとやる。

俺をダシにマチ子は、白昼堂々メスを晒した。

ハンチングをいったん取り、ボリボリ頭を掻いたあとで日出男はそれを被りなおした。後ろ姿のマチ子を、見送る。

鼻歌まじりに遠ざかるマチ子のストッキングは、伝線している。


日出男とゆく。

すこし離れて。

アキラはよ、どんなのがタイプなんだ？　なにがですか？　なにが、ってよ。そんなの決まってんじゃんか。おんな、のよ。やっぱアレか？　わたしの彼は左きき歌ってたアレみたいなのがすきか？　……いえ。しかも古いし。古い？　最近は古くなんの、はえーな。じゃどんなのがいいんだ？　…………。お？　照れてんな、はは。けどよ、わたしの彼は左きき、ってよ、ヤラしーよなっ、おいっ。

肩をぶつけ、ひひっ、と日出男は、わらった。

巴町商店街のスピーカーは、ひび割れている。雑音だらけのうたにあわせ、日出男が口笛を吹いている。

「おうっ、なに喰いてえ？」

その問いにあえて答えず、立ち止まる。白地に黒の『杉田模型』の看板は、四隅がひどく暗かった。

「なんだアキラ。なんか欲しいもんがあんのか？」

……いえ。つけ入る余地をあえて残し、俺は蚊の鳴くような小声で答えた。なんだ？ 遠慮とかしてんじゃねーよ。

ニッコーセミデラコンと書かれた自動ドアのマットを踏み、ガニ股で日出男がずんずん奥に入ってゆく。

「あっ！ アキラッ」

店内に数人いた客のひとりは、モリシゲだった。

「どれだ？ 欲しいのはこれか？ それともこれか？」

うずたかく積み上げられたプラモの箱をあてずっぽうに引き抜いてゆく。いーなー買ってもらうのかよ？ 声を落とし、モリシゲが言った。つねひごろ、モリシゲは日出男を『アキランチのヒモ』と呼んでる。そのヒモを今は羨望のまなざしでみつめている。ザマーミロ、と俺はおもった。

「コンバット・タンクか……キャタピラーはどうなってんだ？　お、原子力潜水艦ノーチラスじゃんか」

日出男のてきとうな推薦はいっさい無視し、俺は一番奥のショーケースの前で、立ち止まった。

「なんだ？　どれだ？　お、ラジコンか？」

ここにきて、はじめてうなずく。俺はこれでなかなか、戦略的な人間だった。

「すげーな」と、日出男は言った。

その感嘆は、俺のこころの叫びでもあった。

ラジコン飛行機。正式には、ラジコン・セスナ機。

白い機体に、まっ赤なライン。硬質にかがやく機体を前に、イマジネーションは、みるみるうちにふくらんでゆく。

おもい出す。梅雨明け直後のプールのあとの六時間目の社会科にて。うねりくる眠気の波動と戦いながら俺は、マチ子が社販で買った三十六色入り色鉛筆をここぞとばかり机に広げ、等高線の間をガシガシ塗った。

『ぼくの・わたしのくらすまち横浜市南区』は、七つの丘に囲まれている。

塗り終えた白地図を、とおくにかざす。

雑に塗られた白地図は、雑ながら立体的に見えていた。


七つの丘を、同時に見おろせ。


そのときはじめて俺は、落ち着き払った低い『声』を聞いたのだった。

だれだっ？

一気に眠気が吹っ飛んで、ふり向く。

だが。教室じゅうを見まわせど、ほとんどの人間は色鉛筆を持ったままうつらうつらと舟をこぎ、担任の野村ボイン芳子までもが漢字テストの丸つけをやってるふりして、赤ペンを握りしめたまますべての動きを止めていた。

へ？　七つの丘を同時に見たら、どうなんの？

逆に問えども、声からの答えは、なかった。

七つの丘を同時に見おろす手段をあえて探ったわけではないが、ラジコン・セスナが妙に気になり始めたのはその頃からだ。

「んじゃ、そろそろ行くべーか」

我に返る。日出男はすでに、ドアマットを内側から踏んでいた。え？

「カネがなかったんじゃねーの」

日出男にかわって、モリシゲがこたえる。

「だって彼、ヒモなんじゃん？」

ツレの大人が消えたあと、模型屋のオヤジは「はやく帰れ」と言わんばかりにガラスケースを拭き始めた。

「あーあ、こんなに指紋つけやがって。チッ」

オヤジのでかい舌打ちが、こころの的にぐさりと刺さった。

店を出ると、通りの角で日出男が待ってた。

取り出した紙マッチを折り曲げて擦《す》り、何度目かでようやく火が点く。くわえタバコを吸い込んで、むせる。手元をのぞくと、ハイライトは残りすくなくなっていた。

「あんまし吸うと、からだに毒ですよ」

「そっか、アキラ。心配してくれて、あんがとよ」

俺の言葉を真に受けて日出男はしゃがみ、点けたばかりのタバコの火をアスファルトで揉み消した。は？　そんなんじゃねーし！　こころの中で俺は叫んだ。またマチ子からタバコ代せしめるのか、ってそっちを心配してんじゃんか。深読みしろよっ。いったん吸いはじめたらさいごまで吸え！　日出男の、ばーか。

「なんかよ……わるかったな……」

へ？

「ま……そのうち、いいことあっからよ」

いつになくしょぼくれた日出男のしょぼくれた言葉を聞く。いいですよ、べつに。反射的にやさしい言葉を掛ける。

「そうですよ。ぜんぜん気にしてませんからっ」

勝手についてきたモリシゲが、こっちふたりがよわっているのをいいことに、どんどん会話に割り込んできた。

「はじめから、ぼくたちぜんっぜん期待してませんでしたから。ねっ、アキラ」

そっか……。日出男が、ますますしょげている。

いーから、てめーはなんも言うなっ。ひじで小突く。負けず嫌いのモリシゲが、エルボー・バットで応戦してくる。

銭湯の塀に沿ってまがると、材木屋のおとなりにペンキ塗りの白い店があらわれた。

「スナック……み……？」

「……みなと、なんじゃね？」

この町でうまれ育った俺だのに、きのう今日開店したとはおもえないその店を、はじめて見た気がしたのだった。

「そ。みわ子の美、なつ子の奈、とき子の登で、美奈登」

青い海と白い帆船が描かれたステンドグラスにおでこを押し付け日出男が店内をのぞいてる。『準備中』の札を何度もひっくり返したそのあとで、やや乱暴にドアノブを引く。開かないドアの内側で、カウベルがはげしく鳴った。

「おっかしーな」

俺たちの手前、大袈裟に首を傾げる。この時間は仕込みやってるはずなんだけどよ。おーい、いんだろ？　ツケ、払いに来てやったぞ！　しーん。声に出して、モリシゲが言う。ほんとに誰もいないんじゃないですか？

かもな。日出男が、あらたなタバコに火を点ける。だまれ、という気持ちを込めモリシゲの足を蹴ると、案の定モリシゲが倍の強さで蹴り返してきた。よろけた拍子に店先のハイビスカスの鉢が倒れる。横並びで俺たちは、植木鉢がじわじわ描く円形の軌跡を見つめた。

「お」短く叫んで、日出男がしゃがむ。「ついてんな」

植木鉢の下にあらわれた真鍮《しんちゅう》製の鍵を手に、またしても点けたばかりのタバコをもみ消す。それから鍵をたかく放り、逆光の中、ど派手に空中キャッチを決めてみせた。

鍵を使って中に入ると、店内はコーヒーと酒とタバコと木のニオイで満ちていた。

「あっ！」

俺を押しのけ、モリシゲがカウンターに駆け寄る。

すっげー！　見ろよアキラッ！　興奮しながらカウンター奥の水槽を指す。まりもだっ！
一、二、三、四……七匹もいるぜ！　すっげー！
それを言うなら、七個だろ。こころの中で訂正してやる。

「はは。すげーだろ。アキラもすきか？　まりも。ん？」

いつの間にか日出男はカウンターの中にいて、ミッキーマウスのエプロンをつけ、さっきまでのしょぼくれ具合がうそみたく、よゆーの笑みをうかべていた。

「どした？　腹へって、返事もできねーってか？　なんか飲むか？」

「あ、じゃあチビッココーラで」

「俺も」

「なに？　ひょっとして遠慮してんのかな？　君たち」

冷蔵庫から取り出した二本の瓶を片手持ちし、ポンッポンッと栓を抜く。

「いっとけよ、ペプシ。な」

グラスに注ぎ、得意顔で日出男が言った。

あ、じゃあお言葉にあまえて。モリシゲが言い、俺もおずおずくちをつける。

久々のペプシは、炭酸がキツくてうまかった。

はは。でっかい鍋に水をため、火にかける。え、おじさんが作んの？　不安げにモリシゲがたずねる。そ。……餃子を、ですか？　先のマチ子の言葉をおもい出して俺は聞いた。

餃子は、できねーな。じゃ、なにができるんですか？

「ナポリをよ。本場イタリア仕込みのナポリタン」

へえええっ、おじさんイタリアに行ったことあんだ？

ねーよ。だってイタリア仕込みなんでしょ？　うん、顔がよ。へへ。と、日出男はわらった。

「俺さ、アル・パチーノに似てるってよく言われてよ」

は？　うん。やつはイタリア移民の血筋だからよ、べろがおぼえてんだろーな、イタリアの本場の味を。

なんの話、してんだよ？　そんでモリシゲも、すごいですね、とか言ってんじゃねーよ。

な、すげーべ。日出男は投入した麺を、箸でぐるぐるかき混ぜた。

慣れた手つきで、玉ねぎとピーマンとハムを刻む。

熱したフライパンでそれらを炒め、そこに茹でた麺を投入した。

「ケチャップ！」

命令されてモリシゲは、反射的に目の前に置かれてあったでっかい瓶をさし出した。

「サンキューな」

礼を言われてモリシゲは、金髪の五分刈り頭をボリボリ掻いた。

あのさ。しらけた気分で、俺はおもう。こいつ、いっつも日出男のこと『ヒモ』って呼んでんだぜ。あと『例の野良犬、飼うことにしたんだ？』とか。モリシゲんちシェパード飼ってっから。『野良犬』だぜ。いいのかよ？　そんなやつにお礼なんか言っちゃって。

「やっぱおじさん、アル・パチーノに似てますね」

日出男がケチャップをスプーンですくって投入する。

フライパンを大きく振る。中身がジュワッと宙に舞った。

「そうゆう君こそ、E・H・エリックにそっくりじゃんか」

なんだよ、それ。いいのかよ、ヒモ呼ばわりしてるやつなんかとなかよくして。

「お、そうだ。キャロライン洋子の兄ちゃんにも似てるよな。な、アキラ」

しるかよ。と、おもう。

「へい、おまち」

ケチャップの焦げたにおいが鼻孔をえぐる。突如おもい出した空腹に身をまかせ、俺は皿に顔をうずめ犬喰いをした。

「ぅんめーっ！」モリシゲが、叫ぶ。

「そっか、よかったな。アキラはよ？」

え？　顔をあげると、日出男とモリシゲがふたりして、お手柄顔で、俺のジャッジを待っていた。

「あ……はい。おいしいです」

だっろ？　俺よ、むかしザキのサ店を任されててよ。えーっ、伊勢佐木町の喫茶店の店長さんだったんですか？　そ。正式にはチーフってよ。ま、はえー話、店長みてーなもんだけどよ。すっげー！　そ？　そんなに、すごい？　すげーっす。すんげーうめーし。俺、こんなにうめースパゲッティ、はじめて喰ったー。そ？　アキラはどよ？

「……あ、……そ、そうですね」

なんだよ、アキラ。さっきから、あ、そうですね。おいしいですね。ってよ。

「……あ、……じゃあ、ここで働かせてもらったら、どうですか？」

核心をつく提案をして、「あ」と思う。

ひょっとして日出男は心臓の病気とかで働くことができないのかも……。

だとしたら、俺は今、日出男にたいして酷いことを言ったかも……。

「ん?」

え?　聞こえなかった?

「あ、なんでもないです」

セーフ、セーフ。

「俺さ……向いてねーんだよ。仕事とかって」

は?

日出男はくるりと背を向けて、背後の棚から一本の酒を取り出した。親指の付け根で、瓶のキャップをシャーッと回す。伏せてあったグラスを取り上げ、フッとやってドバドバ注ぐ。

「くーっ」

一気に飲み干し、目を閉じたまま日出男は言った。

「しみるねえっ、ジョニ黒は。こころに、しみるよ」

モリシゲもまねして、残りのペプシを一気に飲んだ。

「しみるねえっ、ペプシは。こころに、しみるな」

ははっ、いいねぇ君は。いける口だなっ。あたらしいペプシの栓を抜き、モリシゲのグラスに注ぐ。ついでのように自分のグラスに酒を注ぐ。どんどん飲み、どんどん注ぐ。あっは、おじさんもう五杯目ですよ。そっか、そんなには飲んでねー気がすっけどな。アキラも飲めよ。こちらのグラスに瓶を傾け、日出男は言った。あ、もういいです。なんだ遠慮すんなって。そーだよアキラ、遠慮すんなよ。そーだぜアキラ、なんだ水くせーやつだな。ですねっ。

いつの間にか俺はみそっかすのチビみたく扱われている。

「ところで君んとこのシェパード、俺が通るたんびにすげえ吠えんだけどよ、なまえなんての？」

「ヤマト、でっす」

「へえ、ヤマトか。いかしてんな。ところで君はさ、モリシゲくんは、本名はなんての？」

モリシゲはカウンターに視線を落とし、押し黙る。

五秒後、いきおいよく立ち上がり、言った。

「……ミッチェル、でっす！」

は？　なんじゃそりゃ？　と、おもう。

「おめーがミッチェルなら、俺はタイガーだ」

言ったと同時に、日出男に頭をはたかれた。

「いってー。なにすんだお」

……父さんが、つけてくれたんで。……生まれる前に。けど、じーちゃんはこの名前は嫌いだって。茂雄ってゆうのは、じーちゃんがつけてくれたんです。長嶋茂雄から取って。

「いい名前じゃんか。ミッチェル、か。じゃ、これは俺らだけの秘密にしとこうぜ。な、アキラ」

……あ、うん。と、俺は言った。

丸椅子に座ったモリシゲは、うつむいたまま、膝の上で拳をぎゅっと握ってる。

「んじゃ、そろそろやるべーか」

日出男は言い、取り出した漏斗《ろうと》の管をつかんでクルリと回し、手品師のような大袈裟な手つきで残りすくなくなった瓶の口に差し込んだ。

お道化《どけ》た仕草で肩をすくめ、色違いのラベルの瓶を棚からおろす。

「ま。なんのかんの言ったって、ジョニ赤とジョニ黒は原料がモルトとグレーンでおんなしだかんな」

赤い瓶から黒い瓶へ、茶色の液体がおちてゆく。

「口では『やっぱジョニ黒だなっ』とか言ってやがっても、区別つくやつなんていねーしな」

　こんくらい、だったかな？

　え？　これって、ひょっとして犯罪なんじゃねーの？

「もうちょい、多かった気がしますけど」

　元にもどったモリシゲが、すすんで共犯者をやっている。

　オッケー、いいんじゃないですか？　そ？

「よっし。パーフェクト・ブレンデッド！　なっ」

　栓を閉めて棚にもどし、ふたりはみつめ合い、うなずいた。

　カウベルが鳴り、いきおいよくドアが開く。

「あらっ、来てたの？」

「よ！　ケン坊！」

　日出男がアカルく、手を上げた。

　ドクドクする。俺は、自分の心臓の音が漏れてないかとヒヤヒヤした。

「やーね、まーた飲んでたの？」

　日出男の手元のグラスを見咎め、その人は言った。

　たった今もどしたばかりの二本の瓶を、盗み見る。

黒と赤。しずまりかえった瓶棚で、色違いの二本の瓶の中身だけが、肩寄せ合ってゆれている。

「ふううん」

ひょろ長い背中を丸めてカウンターの中に入り、俺の視線を追跡する。赤ラベルの瓶を取り上げ、その人は言った。

「これっ、飲んでたでしょう?」

ああ、わりーな。と、日出男は言い、犯罪の成功をほくそ笑みこちらに向かってウィンクをした。

「やーね。こんなに飲んじゃっちゃ、商売あがったり」

ケン坊と呼ばれたその人は、喉ぼとけがあるが髪が長くて化粧をしている。

「ところで、ヒデちゃんのあたらしい息子さんてどっち?」

ケン坊さんは、男か? 女か?

あらたなギモンを、こころの手帳に書き記す。

「両方!」

と、日出男は言った。

「こっちがアキラで、こっちがミッチェル。両方とも俺の息子さん」

秘密にしとくはずのモリシゲの本名を、すぐにバラす。

……ふううん。ケン坊さんは、俺とモリシゲを見くらべて、ニッコリわらった。

「よろしくね、アキラ」

差し出されたほそい手は、爪が長くて、赤かった。

「あ、はい」と俺は言い、握手する。

ケン坊さんのゆびはほそいけど、骨がぶっとい。

「よろしくね、ミッチェル」

「あ、ども」

握手してモリシゲは、耳までまっ赤になっちゃった。


つぎの日。

目が覚めると、日出男の姿はどこにも無かった。

「アレ、はよ?」

マチ子にたずねる。くらいうちから出てったけど。なんかいい話があるって。

『パリーの最新ヘアースタイルを貴女に…美容室双葉』

開店記念にもらった鏡の前で鼻歌をうたいながら、カーラーを一個一個外してゆく。マチ

子はいつにも増してご機嫌だった。もうかる話なんだってよ。ふふふ、ふんふん♪

よるに、なんかあったな。と、おもう。

「じゃあ仕事行くけど、今日は午前中に検品と発注があるから、お昼もどるのおそくなるかも」

ふん、ふふん♪　朝はケロッグで、お昼は戸棚にカレーパンとあんパンあるから、おなか空いたら先それ食べててもかまわないから。あ、そうだ、これっ、三角鉛筆の見本品、昨日お店でもらったの。三角形だから、自然と正しい持ち方になるんだってよ。これで鉛筆の正しい持ち方練習してね。

(今さらかよ！)と、内心おもう。

「じゃね、バハハーイ、ケーロヨーン」

って、俺がガキのころケロヨンがすきだったからって、いつまでもよろこぶとおもったら大まちがいだぞ。いいかげん成長しろよっ、マチ子。

「……バハハイ」

だが俺は、手をふる。ちいさなガキのフリをして。

「バハハーイ」

マチ子は満面の笑みでふり返り、ノースリーブのわきをあらわに、手をふった。

ひる。

たまにはこっちでご飯を食べろ、というばーちゃんのお誘いをお断りして、ひとり気ままにテレビの心霊写真特集を見つつ、カレーパンとあんパンをひとくちずつ交互に食べる。おくちの中が、妖怪じみる。おえーっ。

突如、けたたましく電話が鳴り、俺はビビった。

背後が怖いから、床に背中を押し付けて背泳ぎの要領で玄関まで移動し、受話器を取る。

「おう、アキラ」

声の主は、日出男だった。段取りついて、いま中華街でめし喰ってんだけどよ。喰ったら帰るからよ。……はあ、そうですか。帰って来ても来なくても、どっちでもいいですよ。ところの中で、つぶやく。あのさ、ほらっ、例のミッチェル君に電話してよ、一時間後にヤマト連れて巴町公園に来るよう言っとけよ。巴町公園の……そうだな、グランド側のこないだ首吊りがあった木の下。な。あそこ日陰で涼しいからよ。じゃ、かならず伝えろよ。あ、あの……なにするんですか？　ん？　いま説明してるカネねーから。アキラも来たかったら来ていいぜ。ついでのような物言いに、むっとくる。

十円切れで、ぶつん、と切れる。受話器を置き、電話機に向かって「しるかよっ」と、文句を言う。それから再び受話器を上げ、ジワジワジワジワとダイヤルを回した。

「ヘロー！」

モリシゲの声は、いつにも増して、デカかった。

「イエッサー！」

日出男からの要請を受け、電話の向こうでモリシゲは腹立たしいほどウキウキしてるにちがいない。


首吊りの木によじのぼる。

首吊りの木は、京浜急行弘明寺駅のプラットホーム、打越橋、の次の次くらいに有名な自殺の名所だ。枝分かれした『安全地帯』に陣取って、ココアシガレットに小枝のマッチで火をつける。おもいっきり吸い込みながら、枝に残った真新しいキズを撫でる。心霊写真は怖いのに、首吊りの木が怖くないのはなんでかな。葉っぱをぬってキラキラお空に吸い込まれてくマボロシのケムリのゆくえを、目で追った。

「ヘイ、ユー！　ファッチャ、ネーム？」

声の方を振り返る。シェパード犬ヤマトを従え、モリシゲが近づいて来る。

「なんだよアキラッ！　そんなとこでスカしちゃって」

むっとして俺は、一発ジャンプで地面に降りた。

「わっ」

一瞬ビビり、取りつくろって「おじさんまだ？」と、聞いてくる。モリシゲ自身気づいてないかもしんないが、本人がいないところでの呼び名も『ヒモ』から『おじさん』にかわっていた。

「まだだけど」

なーんだ。モリシゲの腕には、ヤマトの胴巻きとおそろいの、黄色い腕章が巻かれてあった。

「じーちゃんが、これはめてけってうるへーからさ」

町会長さんお手製の胴巻きと腕章には、読めるか読めないかぎりぎりの達筆で『わんわんパトロール実施中』と書かれてある。かっちょわりー、よな？　モリシゲの問いにあえて答えず、ヤマトの頭を撫でてやる。

やあヤマト。テレパシーで、俺は言った。

やあアキラ。テレパシーで、ヤマトが答える。

テレパシーについては、モリシゲもしんない。

茂雄はああ言ってるが、この胴巻き気合いが入ってて俺は好きだぜ。うん、かっちょいーよ。

俺たちがなぜテレパシーで交信できるのか、いつからできるようになったのかは、わかんない。

このシブさがわかるなんざ、大人だなアキラ。そうかな、へへっ。

俺たちは見つめ合い、ほほ笑んだ。

その時だ。

巴橋の方角で、爆音が轟《とどろ》く。

地面が揺れ、ツギハギだらけのアスファルトを引っぺがすいきおいで、まっ赤な車体がこちらに向かって近づいて来た。くすんだ町並みがボンネットに映り込んで、粉々に散る。

「うわーっ！」

猛スピードで接近した車が、目の前でピタッと止まる。

「シボレー・インパラだっ！」

モリシゲと俺は、俺たち史上最高高度で空中ガッツを決めていた。

「ひゃっほーっ！」

ドアが開き、隙間からピッカピカの靴先が出る。息を詰め、俺たちはその全身を待ち構えた。

「アローハ！」

片手を上げて登場したのは、日出男だった。

「アローハ・オエ。なーんてな」

まっ赤なアメ車に、まっ赤なアロハ。狂喜をもって迎えた反動で、その存在に鼻白む。

「んじゃ、送ってくれてサンキューな」

運転席に回り込んで日出男が声を掛けると、窓が開きサングラスのおんなの顔があらわれた。

「いいのよ。いつでもでんわして」

ちょっとだけサングラスを外して、おんなは言った。

「いってー！」

モリシゲにいきなりツネられ、俺は叫んだ。あ、やっぱ夢じゃねーんだ。ふざけんなっ、じぶんをツネれっ！　だってじぶんでツネっても手加減するから痛くねーじゃん。ざけんなテメー、ぶっ殺す。

ガキふたりが、ポカスカやり合ってる向こうで、じゃあな、とかなんとか日出男が言い、またね、とかなんとかおんながゆってる。キーを回す。エロス搭載のエンジン音が、下っ腹にバリュバリュ響いた。

来たとき同様、いきなりエンジン全開で走り去る。エンジン音がカンペキに聞こえなくなったそのあとには、みすぼらしいチンケな町とチンケなトリオが取り残された。

「……莫大な保険金とか掛けて、マチ子と俺を殺そうとかしてませんよね」

意を決し、まっ赤な男にたずねてみる。

「…………子連れでトシマなマチ子よか、今の人のがよくないですか？」

言っているうち、ほんのちょっぴり泣きそうになる。

「あんだよ、アキラッ？　あんなのがタイプか？」

……あ、……いえ。

「あいつ、マユミっていってよ。会うたんびに服とか靴とかメシとか、おもってくれんの。なっ、イイ女だろ？　あいつは昔っから俺に惚れてってよ」

へへ。鼻の下をゆびで擦《こす》り、日出男はわらった。

「まっ、けどよ、イイ女すぎくねーか？　な、まずイイ女を一周すんだろ。そっからこんだ二周三周してみてよ、そんでたどりつくんじゃねーの？　マチ子みてーなとこに、よ」

なーんてな。なっ、ミッチェル？　ですねっ！　おっ、わかんのかよ？　キミもなかなかモテんじゃねーの？　最近、どうよ？　立てた日出男の小指には、金色の四角い指輪がはめてあった。あ、ぼちぼちですね。ナマゆってんなーっ、ミッチェルは！　俺ら、フィーリング、ぴったしじゃんか！　ですねっ！
ヒートアップするふたりの間に、ヤマトがするりと入り込む。

「お、ヤマト！　そうだ。そうそう。こいつ、エリってんだ。よろしくなっ、ヤマトくん！」

日出男は、犬を連れていた。

「ほらっ、エリッ。ダーリンにごあいさつしろよ」

足もとで震えていた犬を抱き上げヤマトにむかって差し出す。

「おじさん、この犬どしたの？」

エリと呼ばれた白い犬はヤマトを怖がり、日出男の真新しいアロハの胸を掻き毟《むし》った。吹っ飛んだ貝ボタンが側溝ふかく吸い込まれ、カラカラと地底で鳴った。

「よっく見ろ。こいつ、スッケスケだろ？」

よく見ると、犬はパンツをはいていた。

「パンツは透けてないですよ」

俺のことばに、日出男がわらう。

「ははっ、おもれーな、アキラッ。パンツの話じゃねーよ。メンスのパンツが透けてたら、意味ねーだろが。そうじゃなくってよ、こいつの目ぇ見てみろよ」

覗き込むと犬は怯え、きゃん、と鳴いた。

「すっげー！　こいつ目が赤いっ！　しかも透けてるっ！」

モリシゲが叫ぶ。

「な。アルビノ」

むかしっからホワイト・タイガーとか白鯨とか白蛇とかそんなのはよ、神の使いって言われて珍重されてっからよ。

「チンチョー！」

モリシゲは、いちいちうるさい。

「けど、おどろくのはまだはえーぜ。エリがすげーのは、こっからよ」

犬を地面におろし、胸ポケットから一枚の紙を取り出す。

「いくぞ」と前置きし、もったいぶって読み上げる。

「えー、なになに。エリザベス・ホワイト、通称エリは、スタンダード・プードルを父に、日本スピッツを母に持つ由緒正しい雑種です。エリは過去六回の出産で、計十六匹の子犬を産みました、だとよ。すげーな。そんで、うまれた子犬はすべてオスの特徴だけが……なんだこりゃ、なんて読むんだ？」

あ、ケンチョ、じゃないですか？　横からモリシゲが助け舟を出している。うんそうね、ケンチョね。オスの特徴だけが、ケンチョに出現するのです。って、な。

「例、父親がダックスフントの場合、うまれた子犬はすべてダックスフントの特徴を持ち、純血種となんら見分けがつきません。エリが過去に、ええっと、ハイシュッ？　した犬種は、ダックスフント、イングリッシュ・コッカー・スパニエル、コリー、フォックス・テリア、柴、パグ。中には特別なルートで入手した血統書を用い、コンテストに入賞したものもいます」

と、きたもんだ。な？　どーだ、ピンとこねーか？

じゃよ、これならどーだ。

「ダックスフントがパパさんなら、ダックスフントのぼっちゃん。コリーがパパさんなら、コリーのぼっちゃん。柴犬がパパさんなら、柴犬のぼっちゃん」

な。じゃ、問題。

「シェパードがパパさんなら、うまれてくるぼっちゃんは、なんでしょう？」

ニヤニヤしながら、日出男は言った。

「はいっ！」

わきに手をあて、モリシゲがおもいっきりの挙手をする。

はい、ミッチェル君。

「つまり、ヤマトに交尾をさせればいいんですねっ！」

ご名答！　モリシゲを指さし、日出男が叫んだ。

「さすがだねっ、ミッチェル君！　そうこなくっちゃ。モテる男は、話がはえーなっ。エリの飼い主の話だと、交尾のタイミングまであと一週間くらいってことだからよ」

よろしくなっ、ミッチェルくん、ヤマトくん。

な、ヤマト。こいつ、気に入ったか？　しゃがんだ日出男が、なれなれしくヤマトを撫でる。ヤマトは小さくうう、とうなり、モリシゲと俺の手前じっと耐えてる。

ヤマトとは正反対に、めいっぱい手綱を伸ばし、白い犬は尻ごみしながらキャンキャン鳴いた。

「んじゃよ、本日のお見合いは大成功ってことで」

はいっ、お開きっ。今朝は早起きだったからよ、帰ってクソして寝るからよ。

「あのっ」

歩きはじめた日出男の背中に、おもい切って声を掛ける。

「シェパードの子犬うませて、どうするんですか？」

ん？　立ち止まり、面倒くさそうに日出男は言った。

「きまってんじゃんか。カネだよ、カネッ！」

乱暴に言い放ち。そのあとで日出男は、鼻のあたまをポリポリ掻いた。もしや。と、おもう。ひょっとするとそれは、ラジコン飛行機に関係することだったりして？

「……ま、ここいらで一発かまして、ハネムーン？　そんなのによ、連れてってやろうとおもってよ」

「へ？　……犬を、ですか？」

ばーか。あたまを、はたかれる。

「あいつを、よ。ま、アキラもついて来たかったら、来ていいぜ」

俺は？　モリシゲが、すかさず言う。

「……はは。こうなりゃ、なんでもアリだしな」

やったーっ！　イエーイ！　ピョンピョン跳ねる。

「アキラくんっ、一緒に行きましょハネムーン！　チュッ」

おわっ、きったねーっ。半袖の袖口を伸ばして俺は、唾のついたほっぺたをゴシゴシ拭った。

……はは。照れ笑いしたあとで、日出男は急に、真顔になった。

「ガラじゃねーから、ぜってーマチ子に言うんじゃねーぞ」

風のない、もの憂い午後。

遠ざかる赤いアロハが、やけにまぶしい。

日曜日は、雨だった。

俺と日出男は差し向かいで、日出男の作った目玉焼きと、こんがり焼かれたマーガリン・トーストを食べていた。

「やっぱ目玉焼きには、ソースだなっ。な、アキラッ」

……あ、うん。トタン屋根に雨つぶがバラバラ落ちてる。

……あのこと、新婚旅行のことマチ子に言ってやった方がよくないですか？　しっ。あいつ聞き耳立ててるからよ。

きのうのよる。町会費の集金にやって来た吉田さんちの奥さんが帰るとき、すかさず日出男が「夜道は物騒だから送ってくわ」と声を掛け、角を曲がるか曲がらないかのところでそっと肩を抱いたのだった。

それで、マチ子はふて寝を決め込んでいる。

ばーちゃんが、迎えにくる。ばーちゃんは玄関を素通りし、縁側のスダレをいきなり開けた。

「わ、っと。これはこれはキヨさん、今日もおキレイで」

日出男のお世辞を、シカトする。

「アキラッ、何時だとおもってんだ！　支度しろっ！」

口元に放射状の皺を寄せ、ばーちゃんは怒鳴った。片目の目玉焼きとトーストの残りを口に詰めて家を出る。ばーちゃんに手渡されたビニール傘は、金具が錆びてなかなか開かない。

「どーして自分の傘じゃ、ダメなのさ？」

ようやく開いた傘の柄に、聖書と讃美歌とノートの入った手提げを吊るし、旅人の天秤かつぎで傘をさす。おもった以上に手提げは重く、棒が肩に食い込んだ。

「おまえの傘は、透き通ってないからね」

戦後の一時期炭鉱で鍛え上げた脚を止め、ばーちゃんは白濁した目で俺を見た。

「あれじゃ天のお父様に、教会に行くこっちの姿をちゃあんとお見せできないだろ」

教会に到着する。エントランスでばーちゃんは、電器屋の名入りのタオルで二本の傘をていねいに拭った。いいかい、アキラ。あの男に感化されちゃ、いけないよ。

「朱に交われば、赤くなる！」

水気を完全にふき取ったあと、ばーちゃんは、取り出した天花粉をビニール傘にまんべんなくはたきつけた。

「わるふざけのすぎる大人は、ただ単にみっともないってだけでね」

ふだん放し飼いにされている教会犬ハムが隅っこで寝ているせいで、エントランスは犬臭かった。

二階の礼拝堂へ上がり、座ると同時にばーちゃんは、前列の椅子の背に二本の傘を引っ掛けた。すかさず婦人会会長の田中さんが、後方からすっとんで来た。

「井上姉妹、傘は入り口の傘立てに」

やだね。と、ばーちゃんは言った。

「前に傘立てに置いといて、盗まれたことがあったからね」

「盗まれただなんて……きっと誰かが、まちがえただけですよ」

教会付属の幼稚園教諭を兼任している田中さんは、園児に話しかけるように、言葉を区切ってやさしく諭した。

「教会に来る人に、泥棒なんか、いませんよ」

どーだかね。と、ばーちゃんは言った。

「もともとが罪びとだから、教会に来るんじゃないのかね。なにしろおきて破りのアダムとエバの子孫なんだ」

あんたも、あたしも。

ばーちゃんに見据えられ、田中さんはわなわな震えた。

「井上姉妹の、すきにさせてやりなさい」

見かねた山下牧師がやって来て、あいだに入る。

ふん。勝ち誇ったようにばーちゃんは鼻をならし、田中さんは最後列に戻って行った。

「天国の番兵になったら」と、ばーちゃんは言った。

「あの女には、ちっとばかし難くせをつけてやりたいね」

ふり返る。

田中さんはうつむいて、泣いているのかもしれなかった。


全体集会の本日のお話は、アブラハムとイサクの、例の『いけにえものがたり』だった。

イサクが生まれた時、父親のアブラハムは百歳、母親のサラは九十歳だった。

イサクが成長すると、神がアブラハムを呼んで言った。

「アブラハムよ」

「はい、ここです」

「愛するひとり子を連れ、モリヤに行き、示す一つの山で丸焼けのいけにえにして、彼をささげなさい」

翌朝。

アブラハムはイサクに薪《たきぎ》を背負わせ、出掛けて行った。

「父さん」

「なんだい、イサク」

「薪はあるけど、いけにえは無いね」

「心配ないよ。神自身が羊を調達してくれるから」

山に登り、目的地に着くとアブラハムはせっせと祭壇をこしらえて薪を並べ、イサクを縛り、祭壇にのせた。

「わるいな、イサク。いけにえは、おまえなんだよ」

アブラハムが握った包丁をイサクに振り下ろそうとしたまさにその時、神の使いが来たのだった。

「わるいわるい」と、使いは言った。

「信仰心を、ちょこっと試しただけだから」

『いけにえものがたり』は、だいたいこんな感じのお話だった。

この話を聞くのは、いったいぜんたい何度目だろう。

山下牧師は話しているうち、声がだんだんでかくなる。口の端に泡がたまり、アブラハムのことをエイブレヘムと言ったりする。

山下牧師はなぜか、このお話が好きだった。

合同礼拝のあと一階に下り、間仕切りに仕切られただけの『お教室』に分かれ、それぞれの担任が牧師の話を解説したり意見交換なぞをする。だけど今日は『小学校中学年』のクラス担任のゆう子先生がつわりがひどくておやすみで、雨だからか出席者は俺と美濱学園小の溝口さんだけだった。

高学年クラスに出向いて行って暗唱テストを受けてしまうと、俺たちはやることがなくなった。

高学年クラスは、夏の終わりのキャンプでやる演奏の練習で忙しく、チビどもにかまっているヒマはなさそうだった。高学年担任の足立先生に、今日の牧師のお話についてふたりで話し合うよう言いつけられる。

「これって、自習という名の放置だよね」

溝口さんは言い、ふふん、と鼻でわらうのだった。

「ね。坂本くんは、今日の牧師の話、どうおもう？」

……どうって……。

「山下牧師ってさ。子どもがふたりともおんなだから、アブラハムがうらやましいんだよ」

え？　と、俺は言った。

「息子をいけにえにするのが、かよ？」

おどろいて、聞き返す。

「うん。だって山下牧師ってソドムのサディストじゃん。だから絶対ああゆうことやってみたいんだ、って」

ぞっくぞっくしちゃうんだろーね、きっと。

ミッション系の女子校に通う帰国子女の溝口さんの話は、いつもなんだか大人っぽすぎて、ついていけない。

「究極の欲望？　ってゆうのかなぁ？」

スクール・リングがはめてある指を組み、顎をのせて遠くを見つめる。これ以上ないくらいのショートカットの溝口さんは、耳たぶにちいさなピアスをはめていた。

「俺は……」意を決して、俺は言った。

「アブラハムみてーな野郎は、ゆるせねえ」

溝口さんはゆっくりうなずき、「だね」と言った。

「信仰と妄信は、べつもんだって。シスターも言ってた」

高学年の演奏は、ボンチャカうるさい。

不協和音のどさくさにまぎれ、俺は誰にも言ったことのない、マチ子にも言ったことのない秘密をなぜか、しゃべりはじめた。


夏。

四年前のあの夏も、空はひどく青かった。

俺たちは波打ち際で、ながいことあそんだ。

城をつくり、水路をつくり、嫌がるマチ子を生き埋めにして海藻を盛った。

「ダーティ・プリンセス、ってとこだな」

マチ子を指さし、父さんは言った。

「ダーティ・プリンセスだね、ママ」

俺はまだ、マチ子を「ママ」と呼んでいた。

「砂が重いよ。ねぇっ、はやくここから出してっ」

あはは。俺と父さんはわらい合い、生首となって横たわるマチ子を置き去りにして、借りたボートで海へ出た。

白波の立たないところまで歩いて押し、ボートの縁を押し下げて海水と一緒にずるりと乗り込む。ボートの中に寝そべって父さんは、頭のうしろで腕を組んだ。俺も倣う。

父さんのわき毛は虫メガネで焦がした蟻のニオイがした。

「ばーさん、元気か？」

父さんは、ある宗教の信者だった。留守中の平屋に忍び込んだばーちゃんが、押入れの奥に隠していた祭壇を見つけ出し、ものすごい剣幕で問い詰めて父さんを追い出してから、半年くらいが経っていた。

「偶像崇拝は、地獄行き」

それが、ばーちゃんの口ぐせなのだった。

「俺、ばーちゃんと日曜学校行ってる」

そっか。教会はたのしいか？　まあまあ。と、俺は言った。そっか。半年ぶりに会った父さんは、あごヒゲを生やし、前よかすこし痩せていた。

アキラの夢は、なんだ？　アキラは大人になったらなんになりたい？　父さんがわらいながら聞いてくる。

「……えっと……えっとね……荒野のガンマン！」

そうだ！　と、おもう。垂れ気味の目尻にシワを寄せ、父さんはいつだって、こんなふうにわらってたんだ。

「そっか……父さんは、パイロットになりたかったなぁ」

耳元でちゃぷんちゃぷんと波が鳴り、雲がゆらゆら揺れている。勉強しろ、アキラ。と、父さんは言った。

「空港で飛行機の部品を運ぶ仕事をしながら、ああもっと勉強やっとけば、って父さん毎日毎日後悔してんだ……」

勉強で身につけたものは、誰からも奪われない最強の武器だ。

わかったか？　うん、わかった。

父さんと俺は、世界でたったふたりっきりの、みなしごの兄弟みたかった。

記憶が、とぶ。

俺たちはなぜか、オレンジ色のブイにしがみついていたのだった。

ボートは、ない。

「しっかりつかまれっ！」

まん丸のブイを掻き毟る。

劣化したプラスチックはモロモロ剝がれ、爪に詰まった。

「だいじょうぶ。だいじょぶだから、アキラ。落ち着いて、しっかりつかまれ」

海水にむせながら、「うん」と言う。

「息は、プッ、と勢いよく吐くだけでいい。吸わなくても自然に吸える」

うん。

「いいか、アキラ。これだけは、おぼえておけ。イギリスで一番かっこいい名前は、キースだ。でもって、日本で一番かっこいい名前は、アキラだ。その証拠にヒーローの名前はたいていアキラだ。だろっ？」

うん。

「ヒーローには、ヒーローにふさわしい乗り物がある。なんだかわかるか？」

「バイク！」

「ちがう、アキラ。もっととくべつなやつがあるだろ？　時間がない。正解は、コンコルドだ！」

「コンコルド！」

「そうだ、アキラ。ジャンボジェットは時速九百キロ、コンコルドは、それよりはやいマッハ2だ」

「マッハ2！」

「そうだ、アキラ。いいか、腕を伸ばして浮きながら空に集中だ。コンコルドが来るか、アゴを上げて見張ってろ！」

うん。うなずこうとして、水を飲む。

「だめだアキラ！　アゴを引くなっ！」

そんなに恐い父さんは、はじめてだった。

俺は、くるしいのと恐いのとで泣き出した。

「ごめん、アキラ。泣くな。父さんが、わるかった。なっ。ほらっ見えるだろ、飛んでるやつが」

うん。声だけでうなずく。

「けどあれは、コンコルドじゃない。YS－11だ」

うん。

「コンコルドは、あんなチンケなやつじゃない。見れば、わかる。もっと圧倒的なやつなんだ」

うん。

「コンコルドが来るまで、絶対にアゴは引くな。腕を伸ばして、力をぬけ。これからは、声を出すのも一回だけだ。父さんの方も見るな。父さんは、ここにいる。アキラを下から支えてる。ずっとこうしているからな。コンコルドが来たら、呼べ。一回だけだ。わかったか？」

うん。

こころの中で返事をして、アゴをあげたまま俺は、空に集中した。空には、雲ひとつなかった。

どこまでもどこまでも、青かった。


「………で、どうなったの？」

溝口さんが、こちらの顔を覗き込む。

「それから、どうしたの？」

俺は横を向くふりをして、涙を拭った。

「………父さんはまだ………見つかってない」

「え？」

父さんの手の感触は、いまだに背中にのこってる。

「………お葬式も………やってない」

だから。と、おもう。

「だから……父さんは記憶喪失になってて名前や住所を思い出せないだけで、いまもきっと……どっかで、生きてる」

「うん」

溝口さんは、うなずいた。

「…………………で？」

ながいながい沈黙を破り、ちょっとだけアカルい口調にもどって、溝口さんが聞いてくる。

「来たの？　コンコルド？」

「…………まだ試験段階だったコンコルドが、日本で見られるはずはないんだけど、だけど…………」

あのとき。

誰がなんと言おうと、俺はたしかに見たのだった。

爆音とともに現れたコンコルドは、マッハ２で真っ青な空を真っ二つに引き裂いた。

「来たんだ？」

だけど、よくよく考えてみれば、あれは……あのコンコルドは……完全なマボロシ、だったかも……。

「しんじる」

と、溝口さんは言った。そのあとでスクール・リングを指から外し、俺の左手の中指にざつな感じではめてくれた。

「なくしたって言えば、また買えるから」

溝口さんはわらったが、俺はうまくわらえなかった。

「……………でも、もしも」

と、俺は言った。父さんが死んじゃったとして……もしも、だけど……そしたら父さん……

高学年の演奏は、ドンチャカうるさい。

「キリスト教じゃないから、地獄に行っちゃうのかな？」

かねてよりのギモンを、意を決して問うてみる。

「自分の息子を殺そうとしたアブラハムが天国で、父さんが地獄だなんて、ぜってーヘンだよ！」

「だから、それは………ね」

溝口さんは声をおとし、聞きもらすまいと俺はかおを近づけた。

「ほんとはケース・バイ・ケース、なんだって。でもそうゆうことにしとかないと布教しづらいから、って。シスター池田が。シスター池田って、すれちがった全員が振り返るくらいのすっごい美人で、うわさだけどシスターになる前はモデルだったってよ！」

ねっ。イカしてるよねっ。

「祈ろう」

溝口さんは目をつむり、頭を下げた。俺も、倣う。

「天のお父様。どうか坂本くんに、すくいがもたらされますように。アーメン」

かおを上げるとき、溝口さんはタテヨコに十字を切った。

「共犯者だね」

いたずらっぽく、溝口さんは、目だけでわらった。


低学年が「さよ〜なら　みな〜さま」と、うたいはじめる。

教会を出る。雨はとうに、止《や》んでいた。

午後から伝道集会に出るばーちゃんを残し、水たまりに浮いた油を長靴で蹴散らしながら家路につく。

家に着くと、玄関わきに犬小屋が置かれてあった。

「お、アキラ。これ、どーだ？」

白壁と赤屋根の『犬小屋』からは、塗りたてのペンキのニオイがぷんぷんしていた。

「つくったんですか？」

エリの頭を撫でながら、聞いてみる。

「まーな」と、日出男は言った。

俺さ、むかし大工の見習いやっててよ。

もはや俺は、たいていのことには驚かなくなっていた。

「マチ子、まだ寝てるんですか？」

ちょっと前に起きてよ、ぷりぷりしながら出てったからパチンコでも打ってんじゃねーの。

「そうですか……」

昼ごはんはどうすんだろう？　と、俺はおもった。

「お、もうこんな時間か？　ちょい待ち」

冷蔵庫と台所の戸棚の引き出しをあさり「なんもねーな」と言いながら日出男は、粉を溶き、片手で卵を割り入れ、刻んだキャベツを混ぜてフライパンで焼き、皿にのっけてソースをかけた。

「メリケン粉焼き。ど？」日出男が、たずねる。

「うっめー！」

そ？

扇風機が、日出男と俺を交互に見てくる。

「あのさ……」

めずらしく日出男の方が、言いよどむ。

「マチ子とよ、アレはよ、その……どうなってんの？」

アレ？

「ほらよ、前の旦那？　………前、じゃねーか？　逗子ではぐれたとか、なんとか………その前から別居してたとかなんとか………それ以上は、聞いてもあんましゃべりたがらねーからよ、あいつ」

死んだのか？

「いえ」

即答する。だが、それ以上なにを言えばいいのかわからず、視線をそらす。ちゃぶ台の端に止まっている蠅が、こすり合わせた足でしきりに頭や翅《はね》をきれいにしてる。

「ま」と、日出男は言った。

「帰って来たら来たでそんときはよ、男同士、ナシつければいいだけだからよ」

話をつける？　と、俺はおもった。

たった今父さんが帰って来たとして………。

それは、死ぬほど願ったことだった。寝る前のお祈りでも、必ず最初に願うことだった。

モリシゲとバカやってても、気持ちのどっかで一瞬たりとも、わすれてなかった。

どっかにいるはずの父さんを、いつだって俺はまちがい探しをやるみたく、視界の隅で血まなこになって探してる。

だのに今。父さんが帰ったときをかんがえると、くるしくなるのは、なんでだろう？

「なんだよ……辛気くせえ顔、すんなよ……な」

考えられる結末はどれもみな、かんがえたくない結末だった。ちゃぶ台の下で指輪をいじる。ちょっと小指にはめてみる。MとGが重なり合ったスクール・リングは、小指にするにはぶかぶかだった。

「わりぃな。やなこと思い出させてよ。こっちが悪かったからよ。な。お、そうだ。今日あたりどうだ？　こんや。ミッチェル呼んで、パーッといっちょぶちかまそうぜ！」

なっ。日出男は言い、俺の背中の真ん中を力いっぱいバシンと叩いた。

まよなか。

街灯に照らされた巴町公園のグランドは、そこそこあかるい。

俺たちはむごんで、ピッチャー・マウンドで行われているヤマトとエリの交尾を、見ていた。

………ごめん。

こころの中で、俺は言った。

さっきまではしゃいでいた日出男とモリシゲも、交尾がはじまると、とたんに何も言わなくなった。

……………いいって…………ことよ。

とおくを見つめ、テレパシーでヤマトは言った。

…………飼い犬…………だからな。

…………。

…………飼い犬…………だからよ。

うつむいて拳をにぎると、指輪がぎゅっと食い込んだ。

目をそらすな。と、ヤマトは言った。

なあ、アキラ。それでも男の心の中にはな…………、
飼い馴らせねぇ野獣が、棲んでる。

…………。

俺は、泣いた。

泣くな。

…………うん。

わすれるな。

………うん。

ながい、ながい、交尾が、おわる。

救急車のサイレンが、とおくで聞こえる。

しつれいするぜ。と、ことわりをいれ、ヤマトはサイレンとおなじ波長で、遠吠えをした。


日出男と、帰る。

肩をならべて。

モリシゲはヤマトと一緒に一足お先に帰って行った。

玄関の引き戸をそおっと開け、各々の寝床にしのびこむ。

俺は、机と本棚に仕切られた一畳程度の『俺のエリア』に。

日出男は、マチ子のお隣に。

外した指輪を手さぐりで探しあてた宝物の缶カラに入れ、安心して横になる。上向きで目をパチパチやってると、天井に貼られたポスターが、だんだんはっきり見えてきた。

「な、いいじゃんかよ……な」

しばらくすると、くらやみがしゃべった。

「な、おい、よお」

ごそごそと、くらやみがうごく、おとがする。

「……なによ?」

天井に貼ってあるコンコルドのポスターは、昼間見ると全体的に色あせている。

「やめてよ。アキラが起きちゃうでしょ」

「じゃ、よ。これから逆さクラゲにシケ込もーぜ。なっ」

「そんなお金ないわよ。それに、なに? おんなのにおいさせて帰って来て、よくゆうわよね」

「はあっ? なんだよ。エリのにおいだろが」

「フン。髪の長いメス犬、のね」

「ちげーよ。アキラ起こして聞いてみろよ」

「やーね」と、くらやみは言った。

「男同士って、いっつもそう。いつだってお互いかばいあっちゃってさ。ヤなかんじ」

「なんだよ、それ。……今日だけだからよ……たのむよ」

くらやみの、かなしい懇願をきく。

「ヤよ。だって、あしたは月曜だもん」

月曜が、なんだよ？

「月曜が、なんだよ？　いーわよね、毎日が日曜で！」

それで。くらやみは、しずかになった。

「天のおとうさま。父さんが生きて帰って来ますように。そんで……みんなで仲良く暮らせますように。アーメン」

決意する。

あした、日出男に手伝ってもらってポスターを剥がそう。

目をつむると、まぶたの裏に、赤と青の怪しい模様がうかびあがる。さらにつよく目をつむる。

怪しい模様が、うねうね、うねった。


「じゃあ、行ってくるねっ」

とんがったマチ子の声で目が覚める。日出男は、いない。

「あいつ、はよ？」

いないところでの呼び方も、『アレ』から『あいつ』にかわっていた。

みなとで働く、とかなんとかって今朝早く出てったけど。え？　みなと？　ほんとの？

しらない。スナックの？　しらないわよ。………帰ってくる、よね？

しらないってば！　立ち上がったマチ子の髪は、今日はなんだかボサボサだった。

「じゃねっ！　ババハーイ、ケーロヨーン！」

マチ子が、叫ぶ。

「……ババハイ」

玄関が閉まると家全体が、しん、となった。

敷きっぱなしの三人分の布団を畳んで押入れにしまい、痒みがぶり返した蚊の喰い痕を掻き毟る。薬箱をあさり、取り出したかゆみ止め軟膏を、これでもかこれでもか！　と、ぬりたくる。白いかゆみ止め軟膏は、ぬったそばから乾きはじめた。

カピカピに乾いた軟膏と、汗と、古い畳のニオイを嗅ぐ。

あー、夏休みのニオイがするぅ。

おもい出す。去年もおととしも、このニオイを嗅いでたっけ……そんでもって、来年もさ来年も、このニオイを嗅ぎたいなあっ。畳のうえを、ゴロゴロ転がる。

机のフックにぶらさげたままになっていたランドセルと、目が合った。

フックから外そうとして、（？）となる。

ランドセル自体が湿気ているのか？　なまけぐせで俺の筋肉が萎えたのか？　ランドセル

は前よか重くなっていた。

ずりずり引きずり、うっすら積もったほこりを払いふたをはぐる。教科書脇の空きスペースに筒状に丸めてあった『夏休みのしおり』を取り出し、逆向きに丸め直す。丸みはしぶとく手を放す度、くるん、となった。あきらめて、丸まったしおりとシャーペンと自由帳を手提げに入れて家を出る。

「日射病になるから、帽子をかぶってけ！」

玄関を出た瞬間、隣家から怒号が飛んだ。

姿は見えねど、ばーちゃんの監視は厳しい。頭の中で透視図を描く。たぶん、ばーちゃんちの掘りごたつの炉箱を外すとふかいほら穴が出現する。ほら穴のカベは潜水艦のタラップみたくなっていて、底の空間は秘密基地になっている。秘密基地の中央に陣取ったばーちゃんは銀色のスパイ・スーツに身を包み、七台の監視カメラが画面に映し出す俺とマチ子を、二十四時間三百六十五日態勢で監視しているにちがいない。

こっえーーーーっ！

取って返し、ジャイアンツの帽子を被る。

「いってきまーす！」

ノーテンキな子どもをよそおい、ばーちゃんちに向かって元気いっぱいごあいさつする。

そのあとで、隠されている七台の小型監視カメラに映るよう四方八方に向かってくまなく手をふってやる。

巴橋のさびついた欄干から身を乗り出して見る北川の水面は、今日もきたない。

自由帳のあたらしいページの一番上に、タイトルを書く。

『北川のひょう流物調べ』

俺の自由研究は、年々手抜きになってゆく。

［はじめに］ ぼくは、夏休みの自由研究を、北川のひょう流物調べ、に決めました。ぼくは、学校に行く時や帰る時、あべ歯科医院に虫歯のちりょうをやりに行く時、小坂ブックスでマンガを買ったり立ち読みをやりに行く時、さくまに買い食いしに行く時など、一日に二回から六回くらい巴橋をわたります。時間があったら、巴橋から北川を見ると、きたないけど、いろいろな物体が流れてきます。時間があったら、流れてくるものを見ています。けっこうおもしろいです。がんばって、調査しようと思います。

日にち、天気、時間の下に、川のようすを書いてゆく。

「水の色、緑っぽい茶色い黒。水の流れ、ちょっとゆっくり。水の高さ、ふつうよりちょっと高い。メタンガス、けっこう多い。水のにおい、ヘドロくさい」

フリーハンドで線を引き、一番左の小さい欄に数字をふる。その横に、物体の名前と色と大きさと特ちょうを、見たまんまに書いてゆく。

1　ビニールぶくろ、とうめい、中、特ちょうナシ
2　おさしみのお皿、白、中、特ちょう細長い
3　シャンプーハット、ピンク、中、特ちょうギザギザ
4　カサ、黄色、中、特ちょうホネおれ
5　ぼう、こげ茶色、やく五十センチメートル、特ちょう長い
6　ビーチサンダル、青、大人用、特ちょう片方だけ

そこで、声を掛けられる。

「やあ、坂本くん」

町会長であるモリシゲんちのじーちゃんとヤマトは、そろいの黄色い腕章と胴巻きをつけ、『わんわんパトロール』の午前の部を、やっている。

「こんにちは」と、黄色い腕章の町会長。

「こんにちは」と、俺。

よう！　と、黄色い胴巻きのヤマト。

町会長は、堂々とこちらのノートをのぞき見し、声に出して読み上げた。読み終えて、おおきくうなずく。

「感心感心」野球帽の上から、ぐりぐりされる。

「町内を知る者、これすなわち世界を知る」

年寄りながら、町会長の力はけっこう強かった。

「そうだ、坂本くん。もはや夏休みも後半だが、明日から朝五時にうちにいらっしゃい」

へ？

「茂雄と一緒にランニングと素振りをやり、計算と漢字と英語のドリルをやり、ラジオ体操に行き、帰ってうちで一緒に朝ご飯を食べ、それから一緒にあそべばよろしい」

え？

「夏休みに入ってから茂雄が自主的にはじめた朝の日課だが、聞いとらんか？」

は？　……はい。

「とても良いことだから、ぜひとも坂本くんをお誘いするよう、茂雄には言ってあったんだがな」

…………。


「徳は孤ならず、必ず隣あり」

町会長は言い、うすい胸板をぐんと張った。

なんじゃそりゃ？　モリシゲって毎日そんなに早く起きてそんなことやってんの？　そうなのヤマト？

だな。

ええーっ！　しんねーし。

ま、あまりカッコイイもんじゃねーから、茂雄としては知られたくなかったんじゃねーのか。

ふううん。俺は、おもう。

去年の夏休みと今年の夏休みは、おなじようでどっかがちがう。今年の夏休みと来年の夏休みは、もっとちがってしまうのだろうか？　年々むずかしくなるであろう間違いさがしの間違いを、俺は果たして見つけることができるだろうか？
エ、エリちゃんは、元気か？　と、ヤマトがたずねる。
あ、うん。

……そっか。と、ヤマトは言った。

夕方さんぽするけど、寄ろっか？

え？　そ、それはまあ、どっちでもいいけどよっ。

ヤマトは照れ、そっぽを向いた。

「これはこれは、すっかりおじゃまをしてしまったようだな。どうぞご研究をおつづけください」

では、失礼。まだなんか言いたそうなヤマトを促し、町会長が向きを変える。

「さようなら」と、町会長。

「さようなら」と、俺。

あとでな。と、ヤマト。

見送ったひとりと一頭の後ろ姿は、町内一風格があった。

ええっと……どこまでやったっけ？　のめるように自由帳に顔を近づけ、自由研究を再開させる。
7　緑ガメ、緑と茶と赤と黄色のしまもよう、中、特ちょう元気にぎゃく流やっているうち、モリシゲに対する対抗意識がメラメラ燃える。
8　ガチャガチャのケース、半分水色半分とうめい、小、特ちょう中身はからっぽ
今の俺は端《はた》から見たら、研究に没頭しすぎて狂った博士みたく白目のところが赤く血走っ

ているにちがいない。

9布、むらさき、大、特ちょうけっこうきたない欄干からさらに乗り出し、目を凝らす。

それから俺はダッシュして、ひとりと一頭のあとを追い、薬局の前で追いついた。

「……あ、……あのっ！」

「どうした？」

どうした？

町会長とヤマトはスローモーションのようにふりかえり、同時に言ったのだった。


ふだんは見ない夕方のニュースを、見る。

『わんわんパトロール実施中』の達筆の文字が、画面いっぱいに映っている。画面が引いてヤマト全体が映り、さらに画面が引いて、町会長も一緒に映った。

「いやあ、当初は私もまさかとはおもいましてね」

町会長がアップになる。

「失礼ですが、この胴巻きと腕章は町会長さんのお手製ですか？」

むろん。胸を張る。画面で見る町会長は、実物よりかほんのちょっぴり太って見えた。妻に先立たれていらい、なんでも自らやっておりますゆえ。そうですか、ご立派ですね。こんな町会長さんがいらっしゃったら、ご町内のみなさまもさぞやお心強いことでしょう。

「ところで」

真顔にもどり、中年の男のアナウンサーがたずねる。

「発見当時のもようを、詳しくおうかがいしたいのですが」

あ、はいはい。と言ったのち、町会長はアナウンサーからマイクをとりあげ、あーあーあー、と声を張った。

「本日は晴天なり、ただいまマイクのテスト中。よろしいですかな、そうですか。えー私と愛犬ヤマトはここ南区巴町を守るため、コースを三つに分割し、さらに時間帯も三つに分けて順ぐりにパトロールを実施しているわけですが……えーよい機会ですから、この場をお借りいたしましてコース名を正式に発表することといたしましょう。テレビの前の皆さま、心の準備はよろしいですかな。ではまず手始めに巴町商店街を中心とした二丁目コースを『い』コースといたしましょう。そして巴町公園を中心とした一丁目中央コースは『ろ』コースといたしますれば、バス通りと東川《あずま》に挟まれたデルタ地帯および神木橋を渡った北川付近の一丁目周辺コースはおのずと『は』コースとなりますが、ここまでよろしいですかな。えーつづいて時間帯についてですが、こちらは単純に、早朝、午前、日の入り、となっております。えーたとえば本日、早朝に『い』コース、午前に『ろ』コース、日の入りに『は』コースを巡回しましたならば、翌日は早朝『ろ』コース、午前『は』コース、日の入りは、ええっと、ろ、は、ときて、日の入りは『い』コースとなり、さらに翌朝は、……まあここからは各々考えていただくこととといたしまして、かように巴町をくまなくまんべんなくぬかりなく……」

町会長さん、お話し中すみません。マイクをもぎ取るように奪い返し、アナウンサーが早口で言った。

「時間がないので、率直におうかがいいたします。頭部および手足の切断されたバラバラ死体の胴体は、どのような状態でこの場所に流れついたのでしょうか？」

全国のみなさんが、固唾《かたず》をのんで見守っている。

こわいわねぇぇ。化粧落としの手を止めて、眉のない妖怪じみたマチ子が、言った。

「バラバラ死体だって。見たら夢に出てきそう」

俺は終始、だまっていた。

バラバラ死体の、真の第一発見者は、俺だった。

薬局の前で町会長とヤマトに追いつき、一緒に橋のたもとにもどる。巴橋の下からあらわれた紫色の物体は、ぷかぷか浮いて、ゆっくり岸に近づいた。

物体とおなじ速度で下流にむかって、歩いてゆく。

護岸の細い階段を、ヤマト、町会長、俺の順でおりてゆく。

階段の角で、物体は、止まった。

水面でかすかに上下する。そのときまで気づかなかったが、北川にも微妙に波があるのだった。

一見おもそうな物体は、浮かんでるから、かるいのかも。

……………アキラ。先頭のヤマトが、言った。

……………帰れ、アキラ。

へ？　なんで？

理由はあとで説明する。ここは俺とじーさんで、なんとかする。

やだよ！　と、俺は言った。

やだよ！　だってこれは、俺の自由研究なんだ！

くるんだ布のすき間から、茶色っぽい赤紫色っぽいぶにょぶにょが、ハミ出してる。

アキラ………おめーには、将来ってもんがある。

めいっぱい声を落として、ヤマトは、言った。

階段の角に当たり、物体はゴムみたいにちょっと凹んだ。

…………だから?

だから、帰れ。

やだよ!

帰れっ!

ヤマトの怒号が公団アパートに反響し、町全体を約十センチ持ち上げた。バランスを崩し、尻もちをつく。

その瞬間。キョーレツな腐敗臭が、鼻孔をえぐった。

どぶ川に落ちてぇのか? 牙をあらわに、ううっと唸る。

……なんだよ、ヤマト! ……わかったよ、帰ればいいんだろっ! あばっ、ヤマト!

いつも冷静沈着で優しいヤマトは、まるで人(犬)が変わったように、吠えつづけている。

じゃあなっ、ヤマト! もう二度とエリに会わしてやんねーかんなっ!

負け犬(人)の俺は小声で吠え、その場を去った。

九番目のひょう流物は、死体、だった。

「気の毒な、状態でした」

気の毒？　町会長は、カメラに向かって、うなずいた。

「ええ。たいそう気の毒な状態でした。なにゆえあやめられたうえに切断され、川に流されなければならなかったのか？　そこまでの恨みを買う、ということが果たして本当にありえるのだろうか？　百歩譲ってあやめられた当人の行状に何らかの問題があったにせよ、あやめられた時点ですべての恨みはご破算となってしかるべき。それをまだ足りぬまだ足りぬといった執念で切断という蛮行におよぶとは……犯人は場当たり的で物事をあまり深く考えられない性格。年齢は二十代後半から四十代前半。独身。肉および骨を切断する腕力あり。よって、肉体労働従事者、もしくは元従事者で現在無職。かようにわたくしなりに推察し、わたくしなりに犯人像をあぶり出してみたわけですが、いかがですかな？」

「あ、はあ……」

町会長の予想した犯人像は、なんだか日出男みたかった。

不服ですかな？　アナウンサーに、詰め寄る。

「あ、え、い、いやはや！　さすが町会長さん。みごとな推理、ありがとうございます。犯人捜査に大いに役立つことでしょう。では、川岸に集まっているほかの方々にも発見当時の様子をうかがってみることにいたしましょう」

　画面が横にスライドする。

「イエーイ！」

　カメラの前に躍り出たのは、モリシゲだった。

「ニッポンのミナサン、コンニーチハ！」

　あ、ぼ、ぼく。ちょっとごめんね。カメラの前に立たないでくれるかな？

「ボク、ニホンゴ、ワッカリマセン！」

　カメラにおでこをくっつけて、鼻の穴をヒクヒクさせる。

「アッ、ナニスルンデスカ！　ボーリョク、ハンタイ！」

　わきにしゃがんだスタッフに腕を引っ張られながら、モリシゲは必死にカメラに喰らいついてる。

「ヤメテクダサイ、ハナシテヨ！　ママサン、ミテマスカー？　ソンデモッテ、パパサン、ボク、ミッチェルデース！」

「ちょっと、おいっ、君っ！」

「やめんか、茂雄！」

　アナウンサーに、町会長が加勢する。

「パパサン、ボク、ミッチェルデース！　ボク、パパサンニ、アイタイヨー！　アイ・ラブ・ユー！」

絶叫に、ピーという音がかぶる。

『そのまま　しばらく　おまちください』

と表示された画面には、黄色いヒヨコと、赤と緑が愛らしい毒キノコが描かれていた。

「テレビで見ると守川くんてやっぱりハンサムよね。アキラも行って、映ってきたらよかったのに」

今から行っても間に合うかもよ。

まぬけなマチ子のまぬけな意見をシカトして、放り出したままになってた自由帳を手繰り寄せる。ページを開き、シャーペンをカチカチ鳴らす。

9　布、むらさき、大、特ちょうけっこうきたない、ヒモでがんじょうにしばられていて、
　布の中身は人間のどう体で、ふくらんでいて、頭と手と足がない

「わかったこと」　人間のどう体は、生きてるときは重いが、死んだあと水につかったままだと、ぶにょぶにょにふやけて、中にくさいガスがたまって、水にうく。まちがって落とし

た十円などは、いっしゅんにしてしずむので、大きさと、うきしずみには関係がない。
［結ろん］　しずんだ十円はそのまま川ぞこにあるので、本気で金持ちになろうと思ったら、せん水を習って、さんそボンベを使ってもぐり、あみで川底をさらえば、けっこうな金持ちになれると思う。
［まとめ］　北川には、いろいろなひょう流物が流れてくる。ひょう流物は、生きているもの（緑ガメなど）はぎゃく流するが、死んでるものや生き物じゃないものは、そのまま流れて海に行く。ただし、十円はその場にしずむ。北川と横浜わんはつながっている。そのしょうこは、肉がんではほとんど見えないが、よく見ると、ほんの少しだけ波があるのと、日にちや時間によって水の高さが変化するからで、海のみちしおや引きしおに関係があると思う。
また調べてみたいです。おわり。

いったん書いて、ぜんぶ消す。

ちからの入れすぎで、マチ子からもらって大事にしていたチョコレートのニオイ付き消しゴムが、割れた。

消しゴムもろともたった一回こっきりの自由研究が、水泡に帰す。

そうして。お日にちだけが、ただ無情に過ぎてゆく。

「守川くん、あっそびましょっ」

童心をわすれぬよう、そして願わくば永遠にこどものままでいられるよう、お誘いの合図はあえて変えない。

「よ、アキラ」

白いシャツに蝶ネクタイ、吊りズボンというマヌケないでたちのモリシゲが、あらわれる。

「七五三かよ」

俺はわらい、モリシゲは吊りバンドを伸ばしてパシンと放した。

「市民プール行こうぜっ！」

俺はすでに、ズボンの下に海パンをはいてる。

「わりー」と、拝む仕草でモリシゲは言った。

「いま、お客さんが来ててさ。商談中なんだ」

モリシゲんちの玄関には、ピッカピカに磨かれた黒い靴が、きちんと揃えられていた。

「ショーダン？」

イエス、アイ、ドゥー。

「これって、正式には『男グシ』ってゆーんだぜ」

胸ポケットから取り出したクシで、七三に撫でつけられた頭をカッコつけのポーズでさらにとかす。俺の鼻っつらにクシを差し出し、「嗅いでみそ」とモリシゲは言った。

おえーっ。

「な。ポマード。くせえべ?」

くっせえ、くっせえ、とふたりしてはしゃいでいると、廊下の奥から町会長があらわれた。

「これはこれは、坂本くん。こんにちは」

町会長は、夏祭りの時に着ている白い着物に、スケスケの黒い羽織を羽織っていた。

あ、こんにちは。帽子を取って、ごあいさつする。

「とも有り、遠方より来たる。か」

町会長は言い、満足気にうなずいた。

「わざわざお越しいただいたのに申しわけないが、本日はあいにく先約がありまして」

あ、はい。だいじょぶです。

「そうですか。また日をあらためてお誘いくだされ」

あ、はい。じゃ、な。うん、あば。

「あ、これこれ、おやつを持って行きなさい」

呼び止められ手わたされたのは、夏にもっともふさわしくない『もなか』だった。

本日の市民プールは、ガラガラだった。

二十五メートルプールにて、クロールとヒラと立ち泳ぎを一回ずつやり、ちびっ子プールでおやすみをする。

ちびっ子プールは、水がぬるくて風呂みたかった。

あー、ここでおしっこしたら、きもちーだろーなー。

「おにいちゃん」

端っこにいたちびっ子が、うきわごとこちらに向かって近づいて来た。

「おにいちゃん、なんさい？」と、ちびっ子は言った。

「きゅうさいだよ」放尿するのをナシにして、答えてやる。

「ふうん。ぼく、さんさい」

へえ。と、おもう。俺はもうこいつの三倍も生きてんだ。

「あのね。ぼく、おにいちゃんになるんだ」

プールサイドのパラソルの下にいる、お腹のおっきい母親に手をふる。母親も手をふりかえし、そのあとで俺に向かっておじぎをした。

「あのね。ぼく、あかちゃん、いこいこ、する」

いこいこ、と言いながら俺の頭を撫でてくる。

いこいこ、と言いながらちびっ子の頭を撫でかえす。

「ふふひぃっ」と首をすくめ、ちびっ子はわらった。

「じゃあな。ババハーイ」

ちびっ子が、きょとんとしてる。

そっか。と、おもう。こいつはケロヨンを知らないんだ。

時代は、変わってゆくんだな……。

「おにいちゃん、あしたもくる?」

あいまいにわらって、プールを出る。

「おにいちゃん、あしたもきてねっ」

ちびっ子にはわるいが俺には、あしたのことはわかんねぇ。


「よ、アキラ」

プールバッグをぶん回しながら出口を出ると、日出男が待ってた。

「どした?　幽霊でも見たような顔してよ」

あの日いらい、日出男は帰っていなかった。

「ひっさびさに家に行ったらよ、だっれもいねーし。めずらしく鍵掛かってやがってよ。鍵もいつもの場所にねーしな。ヤマ掛けてここ来たら、一発的中！　ついてんな、おいっ」

あ。と、おもう。今日にかぎって俺は、鍵をゼラニウムの植木鉢の下には置かず、ポッケに入れて持って来ていた。

「ごめん……なさい」

あやまりながら、鍵をさし出す。

「なんでおめーがあやまんだよ？　なんだよアキラッ、しゃっちょこばってよ。まーたふり出しに逆戻りかよ？」

俺だって、なんで自分がこんなによそよそしいのか、わかんなかった。

「にしても、あちーな。かき氷喰おーぜ」

俺のこたえを待たずに日出男は、氷旗が揺れている縄のれんをくぐり、カウンター席に腰かけて「とりあえずビール」と、かき氷に関係ないものを注文した。

「アキラはなんだ？　メロンか？」

「あ、じゃあ、おでんで」

暑い日に、熱いのかよ？　通だなっ！

すぐに、ビールとおでんが運ばれてくる。

プールで冷えたからだに、あつあつのおでんがしみた。

「なんだ？　アキラはさ、ちくわぶとか喰えんの？」

あ、はい……あ、でもよかったらどうぞ。

「そ？　わりーな」

一本の箸にぶっさして、容器についてる小さいスプーンでからしをすくいベタベタつける。ひとくちで頬張り、「うめーな」と、日出男は言った。「かれーな」とつづけて言い、鼻を押さえコップのビールで流し込む。

俺は、日出男の一挙一動を不思議な気分でながめている。

「ここのからしはかれーから、すこしにしとけ」

皿のふちに、少量をなすりつけてくれる。

食べるまえから、つんとくる。たぶん俺は、こころのどっかで日出男のことをあきらめてた。

「エリのやつ、妊娠したみてーだな」

え？

「さっき見て来たからよ、まちげーねーな」

ほんとっ？

「にしても、一発で妊娠するなんざ効率いいよなっ！」

がぜん食欲がわき、つみれとがんもを一気にいく。

「ま、血統書なんかはゆっくり作るとしてだな……」

血統書？

「そ。犬とか猫とか馬なんかはよ、血統書があってこそ、だかんな。はは。俺さ、こう見えて昔は…………」

眉がしらをぽりぽり掻き、「なんでもねーよ」と、日出男は言った。

喰え喰え。と言われ、玉子をほおばり激しくむせる。

「なんだよ、おらっ。そんな喰い方するやつがあるか？」

日出男が、背中をさすってくれる。

「おらっ、水飲めよ」

ぬるまっちぃ、水を飲む。

「…………あいつ、元気かよ？」

さすりつづける背中の手の感触は、記憶の夏に、つづいている。

「……モリシゲは……元気ですけど」

うつむいたまま、俺は言った。おもい出す。父さんは痩せていたが、手だけはうんとがっしりしてた。

ばーか。と、日出男は言った。「マチ子だよっ」

あ、マチ子は、元気です。

「そ？　じゃこれから帰ってよ、マチ子連れて三人で野澤屋行こうぜ。サイズはよ、本人いねーと測れねーしな」

ゴリラのようにうつむき、日出男は箸で皿のふちをかるく叩いた。

「今から、ノザワ松坂屋にですか？」

「ばーか。野澤屋にヘンなもんくっつけてんじゃねーよ」

頭の横を、小突かれる。

「それともなにか？」

大切にとってあった、ウィンナー巻きをいかれる。

「おめーも魂の半分を、松坂屋に売り飛ばしたのか？」

むっ、とくる。

「なんだよ？　シケたつらしやがって」

ばーか。と三たび、日出男は言った。

「きのうマチ子に……あたらしい男ができたんですよ」

腹立ちまぎれに、俺は言った。それは、ほんとだ。

ゆうべ。酔っぱらってマチ子は男と帰って来た。

そんで。朝起きたら、男はいなくなっていた。

男の顔を、俺はしんない。

「…………へえ」と、日出男は言った。

そんなことはけっこうあるから、俺はなんともおもわなかった。

「よかったじゃんか！　なっ！」

日出男もたぶん、そうだろう。

「ハネムーンのカネは今はねーけど、指輪のカネはカンペキ浮いたなっ」

ははっ。と、日出男はわらった。

「どうだ、アキラッ！　浮いたカネで今からキャバレーでも行っか？」

子づれだとモテんだぜ！　日出男は言い、がはははは、とわらいつづけた。わらいながら会計を済ませ、店を出る。橋を渡りバス通りを渡った角で手をあげる。でんでん虫マークの個人タクシーが、目の前に、すっ、と止まった。

黒光りしたドアが、開く。糊《のり》の利いた白いシートに乗り込みながら「桜木町」と、日出男が告げた。

「飲んでて盛り上がったから、これからキャバレー行こうとおもってよ。な、アキラッ！」

日出男の言葉に、運転手はふかくうなずいた。

「いいですねぇ。息子さんと」

白のハンドル・カバーと、白い帽子。白手袋のハンドルさばきは、きちんとしていた。

「なんだ、じーさんにも息子がいんのか？」

はい。バックミラーに映った目には、奥行きがあった。

「島根で弁護士をやっています」

……へえ。と、日出男は言った。

「儲かってんのに、父ちゃんを養ってくんねえのか？」

運転手は、ふ、とちいさく息を漏らした。

「婿にやったんです。島根の代議士の娘婿に。ひとり息子でしたけれど。妻が五年前に死んでからは、ほとんど音信不通です。もっとも連絡があったとしても、男同士何を話していいのやら」

ま、な。男同士なんてのはさ、所詮そんなもんだしよ。

「ひょっとすると息子は、恥ずかしいとおもっているかもしれません。タクシーの運転手をやっているおやじが」

それがほんとなら……ひでえな。と、日出男が言った。

いえ。間髪入れず、運転手は言った。

「これで良かったんです。もともとが妻の連れ子でしてね。血がつながっていないんです。息子は頭のいい子でした。だから私は、息子が本来行くべき道を踏み外すことなくまっすぐ行ってくれたらと、ただそれだけを願っていました」

窓から見えるこのあたりは、町会長の『は』コースだ。

「……やっぱその先の信号、左な」と、日出男は言った。

それからもう一度左折をし、家の前で俺を降ろした。

「ジョーダン本気にしてんじゃねーよ、ばーか」

という言葉をのこし、走り去る。

日出男の行方は、ナゾだった。


「アッキラくん、あっそびましょーっ」

モリシゲが、来る。

「あらっ、守川くんひさしぶり。こないだ見たわよ、バラバラ事件の時のテレビ。カッコ良く映ってたじゃない」

へ？　あれが？　と、おもう。

マチ子の男を見る目はどうなってんだ？

「ありがとうございます。おばさんもおキレイですよっ！」

やーね。口紅をぬり終え、マチ子はパッパッとくちびるを鳴らした。

「ところで、ジュン子ちゃん元気？」

ジュン子さんというのは、モリシゲの母ちゃんで、マチ子の同級生でもあった。

「あ、元気です。十月に、妹か弟が生まれるんです」

えーーーーっ！

俺とマチ子が同時にさけぶ。

「ジュン子ちゃん、いま佐世保、だっけ？」

あ、はい。あたらしいお父さんも……やっぱり海軍の……軍人さん？　あ、はい。と言ったあとで、モリシゲは、あ、でも。と言ったのだった。

「ぼくはまだ会ってないんで。……その……あたらしい……お父さん……に」

マチ子とジュン子さんはもともと幼なじみで、井戸小学校の同級生だった。卒業後マチ子はふつうに木津中に進んだが、ジュン子さんは町会長の方針で、当時巴町でただひとり、フェリスに通っていたのだった。

ジュン子さんに最後に会ったのは、一年前だ。

ジュン子さんがうちに来たとき、マチ子は気張って特上寿司の出前をたのみ、ビールの栓をポンポン抜いた。

「たまにはいいじゃん。じゃんじゃん飲もっ！」

ほどなくふたりは酔っ払い、大声でギャアギャア騒ぎ、ばーちゃんに何度も大目玉を喰らってた。

「やっぱ、マチ子ちゃんのママって相変わらず迫力あるよねっ！」

「おばあちゃん昔炭鉱で働いてたから、男勝りなんだよね」

言いながら、マチ子は、ジュン子さんの持って来たお菓子についてたプチプチを、ツメの先でつぶしはじめた。

「やっぱさ……もう、死んでるか……すてられたかの、どっちか……だよね」

マチ子のまっ赤なマニキュアは、ところどころがハミ出し、ところどころが剝げていた。

こないだ羽田で旦那と一緒に働いてた人が来て、用事で近くまで来たからお線香を上げさせてください、って。お線香なんてないです、って言ったら、すっごく慌てちゃって。大変失礼しました、って何度も何度も頭下げて謝るから、かわいそうになっちゃって。うちはもともとキリスト教だからお線香の用意はないんです、って。こっちが言い訳してんだもんね、やんなっちゃう。

言いながら、プチプチを雑巾絞りで一気につぶした。

「やっぱさ……もう旦那のことは……わすれよっかな」

モリシゲと俺は部屋の隅で黙々と回り将棋に興じるフリで、耳に全神経を集中し大人の会話を盗み聞きしていた。

「でもさ……やっぱあたしって……横浜の男じゃないとダメなのよね」と、マチ子は言った。

「それを言うなら、あたしは断然アメリカの海軍！」

ジュン子さんのオレンジ色のマニキュアには厚みがあり、銀粉入りでキラキラしてた。将棋盤に垂れ落ちた汗が滑り止めになったせいか、あのときは五や十の形がじゃんじゃん出た。だけど。モリシゲの玉将と俺の王将のどっちが勝ったか、おぼえていない。

「そう……よかった。ジュン子ちゃんしあわせそうで」

鏡の奥をじいっと見つめてマチ子は言い、おもむろに事務服のポケットからがま口を取り出しジャラジャラ振った。

「これ、おやつ代」

取り出した五十円玉二枚を畳の上にならべ置くマチ子の爪は、今もマニキュアの根元のあたりが剝げていた。

とちゅうで買ったチビッココーラは炭酸が弱くて、それはそれでうまかった。

急こう配の坂道をゆく。どこまでもつづくひなたの闇は、草いきれで蒸されていた。眼下に見える教習所のS字カーブを、ミニカーみたいな車がのろのろ進んでる。

山頂に、たどり着く。

張り巡らされたフェンスの切れ目が、国境ゲートになっていた。

「ハーイ！」

セキュリティ・ガードに向かってモリシゲが手を上げる。

「ハーイ」

セキュリティ・ガードはガムを嚙み嚙み、早口でベラベラ喋った。背後の小屋の壁のフックには、本物のライフル銃三丁が無造作な感じで掛かっている。

ハハン？　フフン？　モリシゲは目と肩と手でジェスチャーをし、難なくセキュリティを突破した。

すこし歩いて、ふり返る。

「あいつ、なんだって？」

スパイ・モードで声を落とし、俺はたずねた。

「わっかりっこ、ねーっしょ！」

ゴキゲン顔を掻き消して、モリシゲは言った。

「なんでもかんでも俺に聞くなよなっ。俺が英語しゃべれねーの、アキラだって知ってんじゃん」

のこりを飲み干し「岩田屋に返すと十円だけど、めんどーだから捨ててこうぜ！」とモリシゲは言い、空きビンを芝生に投げ入れた。

ゴミにうるさいモリシゲの、ポイ捨て現場を目撃する。

あわてて中身を飲み干して俺は、歩道と車道の間の段差に、ビンをそおっと転がした。

「きのう母ちゃんが電話してきて、赤ちゃんが生まれるまでに広い家に引っ越すから一緒に住もうよ！　ってさ」

広々とした芝生の奥に水色の二階建ての家があり、ちょっと手前に白い箱ブランコが置かれてあった。

「それってよくよく考えたら、家の中で靴履いたまま一家だんらんしよう、ってことじゃんか？」

刈りたての芝生は、ゲートの外の雑草とは、まったくちがうニオイがした。

「しかも英語で！」

家の窓に五歳くらいの金髪の子どもが現れ、こちらに向かって手を振った。

手を振り返して、モリシゲを見る。

モリシゲは険しいかおで、男の子を睨《にら》んでた。

「わあーーーーーーっ！」

いきなり、叫びながらモリシゲが駆け出す。

後ろ姿を見失わないよう、俺も全速力で追っかけた。


北川のほとりに、出る。

もともと干からびていた町は、フェンスの向こうを見たあとで、さらに哀しく干からびて見えた。

「…………俺さ」

川沿いの柵にもたれ、ハアハア息を吐きながらモリシゲは言った。

「…………俺あした…………引っ越すからさ」

「えっ、あしたっ？　佐世保に？」

夕方の風には、潮のにおいが混じっていた。

「佐世保…………じゃねーとこ」

へ？

巨大な夕陽に、ハテナ・マークが浮かんで、消える。

「アキラと遊ぶのも、だからこれがさいごかも……」

街灯が自動で灯り、焼き魚くさい貧乏くさい夕焼け空に、コウモリが一羽二羽、七羽八羽と増えてゆく。


よく朝。

俺とヤマトと町会長とモリシゲは、モリシゲんちの玄関前に整列していた。

モリシゲんちのブロック塀は正確には五角形で、短い斜めの辺のところに巴町一丁目・町会掲示板が設置されてる。

「ゆうべじーちゃん、泣きながらこれ書いたんだぜ」

掲示板を指し示し、モリシゲが小声で言った。

『㊗芸能界入り！　守川茂雄くん、万歳！』

掲示板の真ん中に貼られた短冊の文字は、読めるか読めないかぎりぎりの達筆だった。

「短冊はすぐ書けたけど、お花は何度も破れちゃって。じーちゃんがけっこう不器用なの、俺はじめて知ったわ」

短冊の上にチリ紙で作ったお花が、とめてある。

「町会長が……よくゲーノーカイ入りゆるしたよな？」

お年寄りのつくった造花は、なんでか哀しい。

あっは。角度により水色にも緑色にも灰色にも見えるモリシゲの目は、きのうとは打って変わって希望に燃えてる。

「反対したに決まってんじゃんか。けど『俺がハタチになるまでじーちゃんぜってー死なないって保証してくれんならあきらめる』ってゆったら、だまった」

人差し指で、こめかみをコンコン叩く。

「頭脳勝負」と言いモリシゲは、ぐしし、とわらった。

「あ、来た来た」

巴橋の方角からあらわれたのは、棺桶が入るくらいでかいベンツのリムジンだった。

「社長が極秘でおしえてくれたんだけど、アレに乗り込むのを見たら、家族はもうぜってー反対できないから、って。勝負の車なんだって。そんで、これからはぜんぶがぜんぶ真剣勝負なんだって」

やるか、やられるか。それしかねーって、ゲーノーカイは。カッチョイイよな。むはは。

十字路でハンドルを切り返し、三回目で停車した。

「社長はジュゴンに似てんだぜ。じゃ問題な。ジュゴンとマナティー、海水でしか生きられないのはどっち?」

え、……マナティー?

「ブッブー。正解はジュゴンでしたぁ」

まず降りてきた運転手がうやうやしく後部座席のドアを開け、次にそこからでっぷり太った大きな男が、あらわれた。

肩を震わせ俺たちは、わらいをこらえた。

「守川さん」

ジュゴン社長が、町会長の肩に手を置く。

「ご心配はごもっともです。ですがこの世界は、そこまでわるいところではございません」

町会長のこめかみが、ピクリ、となる。

「いつの日にか今日のことを思い出されたとき『ああ、あれで良かったんだ』と思っていただけるよう、尽力いたします」

町会長が、ジュゴンの手をふりはらう。

目の前で繰り広げられているのは、やるかやられるか、の真剣勝負そのものだった。

「茂雄くんには持って生まれたハナがあります。そのハナを大輪のハナとして咲かせるのが、この私のつとめです」

町会長がほんの一瞬、視線をそらす。

「うっし！　決まりだなっ！」

身内の些細な敗北のサインを見逃さず、モリシゲが非情の指ガッツを決めている。

「じゃあ行こうか」

身内の敗北にうかれるモリシゲをとがめるようにジュゴンは言い、町会長にふりはらわれた手を今度は俺の肩に置いた。

「さびしくなったらいつでも電話しなさい。すぐこちらから掛け直せば、電話代は気にせず話せるからね」

ジュゴンの手はもっちりしてて、ひどく圧が強かった。

「守川さんも、ご同様に」

ジュゴンは、周囲の人間をだまらせる特殊能力の持ち主なんだ。と、俺はおもった。

モリシゲがむごんで後部座席に乗り込み、運転手がドアを閉める。ゆっくりと走り出す。

エンジン音は気が抜けるほどしずかだった。モリシゲの側の窓が、ウィィンと開く。

「おじいさまとおともだちに、さよならを」

窓から漏れ出たキンキンに冷えた空気が、俺たちの頬をやさしく殴った。

「さような」

「エリが妊娠したんだぜっ！」

モリシゲが言い終わらないうちに、切り札を出す。

だが。出すタイミングが遅すぎて、大勢にはみじんも影響しなかった。ウィインと、窓が閉まる。

顔面蒼白の町会長が糸の切れたピノキオみたくアスファルトにヒザをつき、この町にもっとも似つかわしくない車はそのまままっすぐ巴町を脱出した。


ふううん。

ケン坊さんの今日のツメは、青にちかい紫だった。

「行っちゃったんだ？　あの子。ミッチェル、だっけ？」

……………あ、はい。

「そんで、ヒデちゃんも帰ってないんだ？」

……………あ、はい。

「みなとで働く、って言ってたの？　ヒデちゃん」

……あ、はい。

手もち無沙汰に、おみくじの機械をいじる。

「でも、ここんとこ来てないけどね」

……あ、そうですか。

「アキラは、なに座?」

えっと、あの……。お誕生日は、何月何日？　えっと……九月ついたち、です。ふううん。

ケン坊さんはおみくじ販売機を俺からひょいと取り上げ、コインを入れてツマミを引いた。

ストローのようなものに入った巻き物が出てくる。

「はい。おとめ座のキミへ」

……あ、ども。

ストローを外し、ちまちま広げて読んでみる。

「じゃあ、さみしくなっちゃったわよね。ねぇ、あげよっか？　まりも」

水槽の中のまりもは、のこり一個になっていた。

「水道で洗ったら、割れちゃったのよね。アキラは、すき？　まりも」

……えっと、あの……ふつう、です。

一瞬、間があく。

「は」

と言い、そのあとでケン坊さんは、弾けたように背中を反らした。

「あははっ、はーはっは、はーっおっかしい」

俺にはなにがおかしいのか、わからなかった。

「そうそう。子どもってそんなふうに言うのよねっ。ふつう、って。わすれてた。わたしもむかし言ってたわ。ふつう、って。かぼちゃすき？　ふつうです。おいもすき？　ふつうです。とび箱すき？　ふつうです。お金すき？　ふつうです！」

ケン坊さんは、男と女の声を使い分け、交互に言った。

「どれどれ？」

おみくじを取り上げられる。

「ええっと……小吉運。別れの多い時期です。消極的にならず果敢にチャレンジすべし。案ずるより産むが易し。ラッキーナンバー7。ラッキーカラー黄色。ラッキーアイテムメモ帳」

なにこれ！　なんか……よくもわるくもなさそう！

こういうの、ふつう、ってゆうのよねっ、きっと！

ふたたび、わらう。わらいながら冷蔵庫を開け、取り出したペプシの栓を、ポン、と抜いた。

「どうぞ」

あ、ども。あ、でも……お金払います。

ひさびさのペプシはやっぱ、うまかった。

「ふふ、やーね。ナマゆっちゃって」

黒と赤。例の瓶を、棚から取り出す。

ふふ。ケン坊さんはわらいながら、いつかの日出男とおなじように、漏斗の先をジョニ黒に差した。

「まあでも、生きてたらそんな時もあるのよね」

いつかの日出男とおなじように、赤い瓶から中身を注ぐ。

「ヒデちゃんには、ほんとはジョニ黒すきなだけ飲ましてやりたいんだけども、ね」

愛と経営を秤《はかり》にかけりゃ〜、ってね。

「知ってる？　このうた」

……あ、いえ……しりません。……すみません。

「あっは、当然。たった今、わたしが作ったうただもの！」

漏斗を抜き、ふたを閉める。カチカチ、鳴る。

ケン坊さんは、意外とチカラがつよそうだった。

「やーねっ！　おとなって、きたないわよねっ！」

二本の瓶を棚に戻し、ケン坊さんは目を伏せて言った。

「これは……ちょっと言い訳みたいに聞こえるかもしれないけど……」

ほそいタバコに、火を点ける。

「ジョニ黒がお酒のキングとすると、ジョニ赤はクイーン。ジョニ赤はジョニ黒のニセモノじゃあないの」

ケン坊さんは横を向き、口をすぼめて煙を吐いた。

「ヒデちゃんのゆくえは、しらないの」

背後で、黒と赤の瓶の中身が肩寄せ合ってゆれている。

「ヒデちゃん昔、ドックでカンカンムシやってたらしいから……それかもね？」

カンカン……ムシ？

「船の病院で、ハンマー使ってサビとか貝とか取るお仕事。ま、今は半分は機械でやってるみたいだから、むかしほど人はいらないらしいけど……」

青紫のきれいな爪が、テーブルに落ちた水滴のひとつひとつをつなげてゆく。

「……だけど」

貝殻のカタチの灰皿でタバコをもみ消し、つなげた水をサッとふき取る。

「たとえゆくえをしってたとしても……言えないし、ゆわない」

こちらの目をのぞき込み、ケン坊さんは言ったのだった。

「でしょ？」

男でも、女でも、どっちでも、ケン坊さんはなんだかすごく、かっちょいい。

「チャランポランにやってるときは上手《うま》くいくくせに、やる気出した途端なにもかもが空回りして上手くいかなくなっちゃうのよね……」

きっと奇妙な星回りに生まれついちゃったのね、あの人。

おみくじの機械をくるくる回し、ケン坊さんはさみしくわらった。

「……あの……でも……待ってれば、そのうち……帰って来ますか？」

俺にしてはめずらしく、食い下がってみる。

さあ……ね。うしろを向いて束ねた髪をいったんほどき、きっちりと結わき直してふり返る。

今までのやさしい顔が、サムライの顔に、なっていた。

「どうだろ……。ヒデちゃんああ見えて、けっこうプライド高いもの」

冷蔵庫から取り出したきゅうりを、猛スピードで刻みはじめる。タイムオーバーを察知して、俺は小声で礼を言って店を出た。

　モリシゲの芸名は、『ミッチェル岡部』となっていた。

「私たちは真実をもとめて、とある町のとある墓地に来ています！」

　わざとらしい緊迫感を出し、生放送のアナウンサーが叫んでる。

「ミッチェル君、緊張しますねっ！」

　はい。髪の毛を七三に撫でつけられ、モリシゲは妙にかしこく見えていた。

「アンドリューさん、ここに間違いありませんか？」

　マイクを向けられた背の高い外国人は、目と手と肩をちょっとずつ動かしてから、しゃべりはじめた。

「…………あの日。彼女は……ジュン子は……赤ん坊は、うまれてすぐに……息をしなくなった、と……うまれてすぐに……死んだのだ、と言いました」

　横にいる通訳のおんなの人は切りたてのおかっぱ頭で、黒いフレームのいかついメガネを掛けていた。

「赤ちゃんは死んだ、と？」

「……ええそうです。彼女は箱を抱えてやって来て、突然、そんなことを言ったのです」

「箱を?」

「……ええそうです。白い木の……箱でした」

早くも、核心に迫る。

ライトの外で、ジャングルみたいに鳥がないた。

「その時期、あなたはご結婚されていたのですね?」

「……はい。……今は、していませんが。……そのときは、結婚を、していました」

「ご家族と暮らされていたお宅に、ジュン子さんが、ミッチェル君のお母さんが、突然たずねていらっしゃったというわけですね?」

「……はい」

「箱を抱えて」

「……はい」

「箱の中には、なにが入っていたのでしょうか?」

カメラが、どんどん男に寄っていく。

「赤ちゃんは死に、赤ちゃんのお母さんは箱を抱えていた」

男の鼻とまぶたと耳たぶが、赤ちゃんみたいなピンクに染まった。

「その箱には、赤ちゃんが、赤ちゃんの亡骸《なきがら》が入っていたのではありませんか?」

「…………はい」

「赤ちゃんが、入っていたのですね？」

「……はい、……いいえ、……いいえ、……たぶん、……たぶん、そうだとおもいます。ですが、わたしは、怖かった。わたしは、箱を開けることを、しませんでした」

「開けなかった？　箱を？　なぜ？」

男は激しく、首を振った。

「わたしは、怖かった。……そう、わたしは、怖かった。ジュン子は、言いました。『わたしたちのミッチェルよ』と。わたされた箱は、重かった。いや、軽かった。……いや、どうだったかな？　とにかく……箱は……あたたかかった……まだ。そうだ……箱は、あたたかかった！」

頭を抱え、その場にしゃがむ。

じっと見つめるモリシゲの、気持ちまではわからなかった。

「奥さまはなんと？　そのとき奥さまは、そばにいらっしゃったのでしょうか？」

マイクを向けられ、男はさらに強固に頭を抱えた。

「それで、あなたとジュン子さんと奥さまの三人でここに、この墓地の小高い一角に、やって来たというわけですね」

アナウンサーが、地面を指さす。

「穴を掘ったのは、あなたですか？」

アナウンサーが、穴を掘る仕草をする。

「そして箱を入れ、土を掛け、この白い十字架を墓標として立てた、というわけですねっ」

男がぜんぜん見ていないのもお構いなしに、アナウンサーはマイクを持ってない片方の手だけで、箱を入れて土を掛け十字架を地面に突き刺す一通りのジェスチャーをやりきった。

「ミッチェル、ここに眠る！」

ちいさな白い十字架がアップになり、通訳の人がヒステリックに墓標の文字を読みあげた。

「では、おねがいします！」

画面端から、スコップを持った男三人があらわれ、土を掘る。土は、なんだかやらかそうだった。

ぐんぐん掘る。すぐに、何かにスコップがあたった。

アップになった軍手の手が、土をはらう。

「箱です！　白い箱が、見えましたあーーーっ！」

アナウンサーが絶叫する。

そのあとで、一拍置いて、真顔で言った。

「いったん、コマーシャルです」

トイレに行って帰ってくると、番組は再開されていた。

いつの間にかあらわれた白衣の男と、白衣の女が、取り出された白い木箱のふたを両側から開けている。

「先生………これは」

白衣の女がゴム手袋の手で、白い破片を取り出した。

白衣の男に、わたす。先生と呼ばれた男は、ためつすがめつしたあとで顔をあげ、言ったのだった。

「………これは………犬の………骨、ですね」

えっ！

モリシゲが、カメラの方を、ふり向く。

「オーマイガー！」

しゃがんだまま、男は言い、

「おお、神よ！」

と、通訳が言った。

「ミッチェル君、お父さんですよ！」

アナウンサーが満面の笑みで、モリシゲの背中を押す。

「アンドリューさん、息子さんですよ！」

男は、終始一貫、石になってる。

「…………パパ」

いつになくちいさな声で、モリシゲは言った。

「よかった！　ほんとうに、よかった！」

間髪入れず、アナウンサーが号泣する。

「今宵、感動の目撃者は、テレビの前のあなたっ！　あなた、ですよっ！」

音楽と文字が流れる。

「ミッチェル君、テレビの前のみなさんに、ひとこと！」

「……あ、えっと……なんだっけ？」

アナウンサーが、モリシゲの耳元でささやく。

「あ、そだ、みなさんありがとうございます。えっと……ぼ、ぼくは今日、ほんとうのお父さんに会えました」

これからは、今までの分もしっかり……。アナウンサーのささやき声を、マイクがしっかり拾ってる。

「えっと、これからは、今までの分もしっかり、えっと、親不孝を、あ、ちげ、親孝行をしたいです」

アナウンサーがモリシゲの手を取り、伏せの姿勢でいる男の背中に、強引に乗せ置く。男の背中が、ぴくりと動いた。

「感動の再会を果たした、父と息子！　すばらしいハッピーエンドです！　よく見ると、君はお父さんそっくりだ！　お父さん、ちょっと顔をあげてみましょうか？　ちょっとだけ、フェイス・アップ、プリーズ！　あ、時間がありませんか？　フェイス・アップ！　フェイス・アップ、プリーズ！　ああっ、だめだっ！　では、また、来週お目にかかりましょう！」

さようならぁー。

アナウンサーと、通訳と、スコップの人たちと、白衣の人たちと、モリシゲが、こちらに向かって手を振った。


まよなか。

電話のベルが、鳴る。

「ア、ロッハー」

電話の声は、モリシゲだった。

「アキラ？　ねてた？」

…………。

「なっ、見た？　テレビ？」

…………ああ。

「なっ？　俺、かっちょよかったべ？」

…………。

「あれって、ぜんっぶ台本あんだぜ。そんで、モノホンの父さんは一応メキシコにいたらしいけど、ぜってーテレビには出たくねえ、って。おんなのことも忘れたし、子どももなんかいなかった、って。そう言い張って、電話ガチャンて切ったって。これは俺の推理なんだけど、たぶんメキシコで密輸とかやってんじゃん？　だから、さっき出てた父さん役の人は、アカの他人で、アメリカ人じゃなくてカナダ人なんだぜ」

…………。

「スタッフの人が母ちゃんから話聞いて作ったらしいけどさ。墓の場所とかは、ぜんぜんちげーとこらしい。ロケハンして、それっぽい墓地の隅っこの丘っぽいとこをてきとーにバタバタ掘って箱埋めて。白い十字架はその場で思いついて立てたんだけど、実際は十字架じゃなくて石だったって。そこいらにあったちょっとデカめの石を置いただけだって。だからもうどこに埋めたかわかんなくなってて、もともとが犬だから、あんま気にしてなかったって」

…………。

「監察医、いたべ？　あれだって出るはずの売れてない俳優さんが盲腸になって、急きょプロデューサーが代役やったけど、あの人が一番演技がうまかったよなっ」

…………。

「な！　ペテンがきいてるよなっ！」

…………。

「テレビ業界では、そんなふうに言うらしいぜ。アキラも二学期から使ってみそ。クラスの人気者になれるんじゃん？」

…………。

ここでようやく、俺の果てしない沈黙に気づいたのか、モリシゲは、だまった。

夜中の一時。柱時計のカチカチ音が、玄関にまで聞こえてくる。混線の声がとおくの方で、もしもし、もしもし、と叫んでる。

「……さっき母ちゃんから電話あってさ。いきなりなんて言ったとおもう？」

……………。

「芸能人家族対抗歌合戦出たら、何うたおうかしら？　だってさ！」

……………。

「俺さ、母ちゃんに、なんで犬の骨なんか持ってってたんだよ？　って聞いてみたんだ。したっけ、あとあと面倒なことになったらいけないから、って。町内で死んだ犬の死体をじーちゃんがもらって来て、すぐにタクシー呼んで母ちゃんに持たせて父さんのとこに行かせた、って」

……………。

「つまり。じーちゃんと母ちゃんが共謀して、うまれてすぐ死んだことにした、って。赤ん坊の俺を」

……………。

「父さんが箱を開けたらどうするつもりだったんだよ？　って聞いたら、『あの男は、断じて開けない』って。『箱を開けるような度胸はないから大丈夫だ』って、じーちゃんが断言した、って」

……………。

「俺に覆い被さって『この子は、茂雄は一生誰にも渡さん』って、じーちゃんが宣言した、って」

…………。

「そんなこと…………俺、知らなかったからさ…………俺、やっぱ芸名変えようかな？」

…………。

「茂雄スミス、とかにしたいんだけど……どーかな？」

…………。

「なあ、アキラ…………もしも、だけどさ。もしも、家族対抗歌合戦出るとしたら、アキラなにうたう？」

…………出ねーし。

「え？　でもさ、ほらっ、エリ妊娠したんだろ？　子犬うまれたら、ハネムーン行くんだよな？　アキラと……俺も」

…………。

「あのさ……母ちゃんにはもう、あたらしい家族がいんじゃん。……だから、俺らもあたらしい家族とか作っちゃえばいいんじゃん？　なっ。まりものスナックでおじさん言ってたじゃんか？　アキラと俺、両方とも息子さん、って。だから……だからさ…………」

俺らもう、家族ってことにしちゃって、いくねー？

……………。

「やなの？　アキラ？」

……………町会長さんは？

「じーちゃんが、なに？」

……………町会長さんは、なにうたうのかな。

「じーちゃんは……決まってんじゃんか！　ごみのなぁ〜い、はなのあるまちぃ〜、ぼくのまちぃ〜！　だぜ！」

「……なら、うちんちのばーちゃんは讃美歌だなっ」

「なら、あたらしい家族のメンツは、俺とアキラとおじさんとおばさんとじーちゃんとアキラんちのばーちゃん、の六人で、決まりなっ」

「あ、そだ。ケン坊さんも入れよーぜ。こないだ、愛と経営を秤にかけりゃ〜、とかってうたってたし」

「なんじゃそりゃ？　なら、七人で決定な！」

あはは。

いひひ。

受話器の中の真空に、わらい声が、すい込まれてく。

混線した話し声は男と女で、とおくの方でいつまでも、もしもし、もしもし、叫んでる。

ガバッ

と、起きる。

夏休みの最終日。俺にはひとつ、やることがあった。

休日のマチ子を起こさないようそおっと着替える。

ジャイアンツの帽子を被り、変装のため裏メッシュを出し、目を覆う。背を低くして、カべ伝いに進んでゆく。

ばーちゃんの監視網を突破して、俺はひとり、ガッツポーズを決めてみた。

巴橋を渡る。北川は心なしか、透明度が高かった。

地下鉄の階段を一段抜かしで下りたところで、キップを買う。ポッケの中には、千円札も交じってる。

キップが自動改札に吸い込まれ、ゲートが開く。

反対側から出てきたキップは、機械の中のこびとが開けたちいさな穴が開いていた。

改札内の階段は、二段抜かしだ。

つめたい風とすれちがう。

俺は、知ってる。夏、地上は暑いが、地底は涼しい。だが冬、地上は寒いが、地底はほんわかあったかい。地底のやつらは、天気や気温で一喜一憂してる地上のやつらを嘲笑《あざわら》い、雨も降らない土色の空の下、ケンカしないで仲良くやっている。

くらやみの向こうから、閃光ビームが近づいて来る。

地下鉄に乗り込んで俺は、オレンジ色のシートに浅く腰かけた。

乗っているひとりひとりに、テレパシーで通信する。

アホ、バカ、マヌケ。悔しかったらかかって来やがれ！

だが。俺は、無事だった。

終点に、着く。

終点は、伊勢佐木長者町、だった。


ひゃっほー！

地上に飛び出した瞬間に俺は、単独移動最長記録を更新した。こっからは一歩一歩が新記録だ。道行く人に道をたずね、すごろくの要領で俺自身を押し進めてゆく。

『チャイナタウンで豚まん買って、一回休み』

ヤバい色の門をくぐり、買い喰いした本格中華の豚まんは、死んだ豚の味がした。

腹が膨れ気持ちが落ち着いたところで、ケツポッケから手帳を取り出し聞き込みを開始する。ばーちゃんが保険屋のおばちゃんにもらい、俺にくれた黒い手帳は、警察手帳にかなり似ていた。

「こんな人、見ませんでしたか?」

白ページの似顔絵は、われながらよく描けていた。

『日出男　二十才から四十才くらい』

似顔絵を描いてて気づいたことだが、俺は日出男の苗字もトシもうちに来る前住んでた場所も、なぜか一個も知らなかった。

「知らないヨ」と、忙しそうに豚まん屋の店主は言った。

気を取り直し、おとなりの中華飯店で再びチャレンジする。

「こんな人、見ませんでしたか?」

「邪魔だよ、オマエ!」

足元にバケツの水をぶちまけられて、おもい知る。見知らぬ町では見知らぬ子どもは、野良犬同然なのだった。

チャイナタウンをあきらめて、移動方法をチェンジする。

今の俺の精一杯は、ギャロップだった。

ギャロップでたどり着いた港には、ハトとおなじ数のカモメが飛び、なんかの金属となんかの金属がぶつかって、カラカラ鳴ってた。

いいよなあこどもは無邪気でさ。すれちがいざまアベックの男が言い、ほんとよねぇ、と女が言った。

ふっざけんな！　こころの中で、言い返す。俺はうまれてこのかた、一秒たりとも無邪気になんか生きちゃいねーぜ！

ギャロップを海向きに切り替える。彼方を進む貨物船が汽笛を長めに鳴らしてくれた。たどり着いた横浜ドックに停泊中の白い船は、さっき見た貨物船がオスだとしたら、メスだった。陸あげされた客船は、ふだんは見せない船底を晒し、フナムシみたいに張り付いた人間どもにハンマーや機械なんかでカンカンやられ、恥ずかしそうに目を伏せていた。

「……日出男、……さーん」

勇気を出して、呼んでみる。

「日出男さああーーーーん」

俺の声がちいさいからか、吹く風がつよいからか、誰ひとりふり向くやつはいなかった。

しゃーねー、やるべーか。照れかくしで、ひとりごちる。

こんなこともあろうかと俺はきのう恥をしのんで東《ひがし》蒔田《まいた》まで出掛けて行き、『理容のタナベブラザーズ』でボーイスカウト指導員の田辺兄より直接指導を受けていた。

「一、七、原姿《げんし》、六、三、原姿、十三、原姿、一、二、三、原姿」

指先まで気を抜かず、教わったとおりやってみる。

「一、七、原姿、六、三、原姿、十三、原姿、一、二、三、原姿」

誰からも反応のない手旗信号の送信は、恥ずかしい上に、空しかった。あきらめて段差にしゃがむ。

「ここには、いねーぜ」

背後の声にふり向くと、ねころんでいたひとりの男と目が合った。

「ヒ・デ・オ、はもう、ここにはいねーぜ」

赤ら顔の男の周りには、ワンカップ大関の空きコップが何個も何個も転がっていた。

「あっこのやつらには手旗は通用しねーぜ。ぼうずは、あれか？　船乗りになんのか？」

半袖シャツからハミ出した入れ墨はドラゴンかなんかのしっぽで、そこだけ見ても下手くそだった。

「海は、いいぞう」

うすい髪を潮風になびかせ、目を細める。

「陸《おか》に上がってからは、いいことなんてひとっつもねーな」

……あの。意を決して、たずねてみる。

「海にいたとき漂流してた人間とか、見ませんでしたか？」

「漂流人間？」

……あ、はい。

「何度も見たぜ」

えっ。

「全員、死んでたけどな」

野毛に行ってみ。たぶんあいつは、ヒデオは、今ごろ野毛で飲んでる。……あ、はい。

「……」

「起信！」

とつぜん男は立ち上がり、両手を上げ真横におろした。

「おめーはこうだ。応信！　な」

言われたとおり、やってみる。

「起信、ヒ・デ・オ、終信！」

送信が終わってもマボロシの赤白旗をまっすぐ掲げ、男は水平線の彼方を見ていた。横顔に頭を下げ、野毛に向かう。太陽ビームは、秋の角度で傾いていた。

野毛に着く。道を掃いてたシミーズ一丁のおばさんに手帳を見せてとりあえず聞いてみる。知ってるよ。と、おばさんは言った。あれだろ、ヤブウチんとこのせがれの。

「……あ、えっと……たぶん」

一発目で的中し、これまでの苦労をおもい脱力した。

「連れてってやろっか？　ヒマだから」

階段を上がり、川沿いに連なったちいさな店の一軒に入る。『クラブさなえ』のカウンタ一で飲むぬるまっちい麦茶は、お砂糖入りでうまかった。

ねえちょっとさ、五十肩だから手伝ってよ。と言われて手伝ったワンピースのうしろのチャックはキチキチだったが、おばさんの背中はおもったよりかスベスベだった。

店を出て川を渡る。湾曲した大岡川は、北川よか漂流物が多かった。怪しげな町の怪しげな路地へと分け入る。狭い路地の裏壁には配管と配線がびっしり貼りつけられていて、男心にぐっときた。

暗くて狭い階段を上りたどりついた屋上には、俺んちよりもぼろっちいトタン張りのバラック小屋が建っていた。

「いる?」と、おばさん。「いるよ」と、声。

おばさんは小屋の外で靴をぬぎ、板戸を引いた。

「ヤッホー」

ゴミ箱みたいな紙屑だらけの小屋の隅で、ガイコツみたいなお年寄りが手をふっている。

ねえっ、この子日出男探してんだってさ。ほらっ、出して見してやんなよ、さっきの似顔絵。

促されてさし出した手帳を受け取りお年寄りは、へええ、と言った。

「スジがいいねキミ、絵どっかで習ってる?」

「あ、……えっと、あの、図工で少々……」

ほほう。お年寄りは、全体的に白っぽくて骨っぽかったが、どことなく日出男に似ていた。

日出男のやつ見境なくタネ付けしてっから、こんな日が来んだ。と、おばさんは言った。

似てんだろこの子、日出男に。似てる似てる。お年寄りは、一本しか歯がない口でうれしそうにわらってる。

「顔も似てるけど、絵のタッチも日出男にそっくり」

「……あ、えっと、ちがくて……ほんとの子どもじゃなくって、えっと……」

いんだよ、正直に答えなくても。と、おばさん。

そうだよ。と、お年寄り。

そうか。と、おもう。俺はたぶんヒマつぶしの餌食にされてるだけなんだ。

「キミお名前は？」

アキラ、です。ヒマじゃないけど、付き合ってやる。

アキくんか。じゃあアキくんはさ、どんなマンガがすきなの？　え、あのえっと……ケロヨンとか。マンガじゃないけどお年寄りでもしっていそうなところを言ってみる。

しらないなぁ。じゃあ、オバQなんかはどう？　すき？

……あ、はい。（ほんとは、ふつうなんだよな）

「よっし、わかった。ちょっと待っててよ」

布団の上に正座して、壁際の机に向かう。お年寄りの首の根元に彫ってある丸い小さな入れ墨はたぶん、ヤブウチ家の家紋かなんかだ。骨ばったシブい背中を、急に姿勢を正したおばさんが真面目な顔でじいっと見ている。

「はい、おまちどおさま」

ふり返り、一枚の紙を渡してよこす。

「ね、オバQ」

描かれたオバQは、びっくりするほど上手かった。

期待していなかった分、ひどく得した気分になる。

「じゃあ今度は、これで見て」

でっかい虫メガネをわたされる。

「ね、ギザQ」

肉眼ではわからなかったが虫メガネを通して見ると、オバQの輪郭線はギザギザ震えていたのだった。

「のん兵衛がたたって、このザマァよ！」

そう言うとお年寄りは布団を被り、向こう向きで寝てしまった。せめてものお礼に俺は、そこいらへんのゴミを拾いゴミ箱に捨てた。

「余計なこと、しなさんなっ！」

すごい剣幕でおばさんに叱られる。

「ここにあるものはね、みーんなお金になるんだよっ！」

「…………」

「ほらっ、これはダイヤモンドの鑑定書、これはパスポート、お茶の免状、日舞の免状、調理師免許、医師免許、運転免許、保険証、卒業証書、契約書、誓約書に血統書……」

血統書？

「そうさ！　ニセヤブに作れねえニセモノ無し！　ってね。昔は札《サツ》だって作ってたのさ！

それからほらっ、なんだっけ？　そうっ！　応挙《おうきょ》っ！　今世の中に出回ってる応挙の半分は、ここにいるこのニセヤブが描いたんだよっ！」

………よせやい。

「なんならホンモンより出来栄えがいいんだ。だから万にひとつニセモンだって判っても、ニセヤブのだって判ったら、けっこうな値がつくんだ。ニセヤブ専門の収集家だっていんだよっ。だから………」

おばさんはちょっとためらい、一気に言った。

「死んだらもっと高値が付くこと請け合いさ！　そのオバQは額縁に入れて飾っときな、化けっから」

………よせやい。

死んだあとのことを期待されてるとわかってても、声はなんだかうれしそうだった。

「じゃあねニセヤブ。気が向いたらまた飲みに来な」

おばさんと一緒に外に出て、靴を履く。

「アキくん！」

呼ばれて、ふり返る。布団の上に半身を起こし、お年寄りは日出男似の彫りの深い目でこっちを見ていた。

「これはじいちゃんからのお小遣い。はい」

財布の中の一枚しかない五百円札を渡してよこす。

…………あ、えっと。いーから、もらっときっ！　またもやおばさんに叱られる。……あ、ども。受け取ってポッケにしまう。五百円札にはタバコの匂いがしみついていた。

「またいつでもいらっしゃい。日出男に会ったら、よろしくね」

ビルの階段を下りながら、おばさんがしゃべる。

「ニセヤブはね、日出男だけはホンモノにさせたくて宮大工の修業に行かせて、一人前になるまで敷居はまたぐな、って啖呵《たんか》切っておん出したのさ」

わらいながら手を叩く。パンパンパンパンという音がビルじゅうに響いた。

「あの家の、あの敷居をさ！」

「…………」

「日出男はあれはあれでけっこう真面目にやってたんだけど、あとちょっとってとこでコレで失敗しちゃったからさ」

小指を、立てる。

「棟梁のカミさん。年増はほらっ、往生際がわりぃから」

「…………」

「日出男は今じゃあんなだけど、昔はうらんとうぶだったね。若くって、むしゃぶりつきたいくらいの男前でさ。すれ違いざま、あたしがこうやってオッパイ見せびらかすだろう。そうすっと道の端っこに、どんどんどんどん寄っちゃって」

ニタジロの目で、とおくを見つめる。

「日出男は、どこに行ってもおんなで失敗するからさ。からかい易いんだ。あいつはほらっ、二枚目だけどバカだから」

それに…………いつまでも、純なところがあるからさ。

外に出ると、聞いてもいない伊勢佐木町への道順をおしえてくれた。頭を下げ先を急ぐ。

伊勢佐木町は、近かった。

『食堂でラーメン食べて、一回休み』

野澤屋のお好み食堂でラーメンを食べ、屋上の遊園地の柵にもたれて通りを見おろす。

例の声はなぜ『七つの丘を、同時に見おろせ』などと言ってきたのか？　こっから見てても、おんなじじゃん？

見上げた空は青一色で、今日は雲もいっこもなかった。

なんなんだよ！

空にむかって悪態をついたそのとき、背中を、ぽん、と叩かれた。

え？

ふり向くと、無人の回転木馬のあたりから、タバコの匂いが漂ってきた。日出男のハイライトともケン坊さんのほそいのともちがうタバコの匂いが、胸の空洞になだれ込む。発作の予感が、芽吹く。その場にしゃがみ込んで俺は、規則正しく息をした。楽しいはずのオルガンの音楽が、だんだん怖く聞こえてくる。やっべぇ……。べつのことを、かんがえるんだ。べつのことを……。

ふと、ある面影が去来する。

エレベーターの矢印を待つのもじれったく、俺は、階段中央の平たいところにまたがって滑り下りた。

「ばびゅーん！」

一階に着陸する。

刺激をうけ、ちんこがむずる。その勢いで、突っ走る。

タイミングよく、イセザキ・モールのスピーカーから例の曲が流れてきた。

立ち止まり、白目になって裏側を見る。

今、俺の裏側では、ラーメンが胃から腸へと送られている。腸ではたらくこびとたちが、懸命に細かくなった麵とチャーシューとメンマとナルトとスープをエネルギーに変換してくれている。よっし、エネルギーパワー全開！　今だっ！

「ドゥドゥビ　ジュビドゥビ　ジュビドゥヴァ〜」

古代からある伊勢佐木町の呪文を唱える。俺の声とスピーカーのハスキー・ボイスが合体し、奇跡のマッハでオデヲンに到着した。

角を曲がって、深呼吸する。発作の予感は、跡形もなく消え失せていた。

ヤッタネ！　こっからは前人未到の親不孝通りだ！

やや前傾のへっぴり腰で、突き進む。両脇に居並ぶおんなの人から、野次が飛んだ。

「来るの、十年はやいんじゃなぁい？」

「ねえ、ママはここに来たこと、知ってんの？」

「この通りのおもちゃ屋には、子ども向けのはないけど？」

声には出さねどこころの中で、野次にいちいち答えてやる。

十年経ったら、また来ます。

マチ子には、言っていません。

うすうすは、気づいてました。

たぶん……俺をからかい易いのは、俺に、純なところがあるからだ。

その店に、着く。

『ぷるぷるプリン』

店の名は、ピンクとブルーのネオンサインでできていた。

すっげー！　こころの俺が、小躍りする。伝説の暗号でつづられた伝説のお店は、実在した！

あの……。勇気を出し、お店の入り口をふさいでいるセーラー服を着たふとっちょのおばさんに、たずねてみる。

「……あのぉ、きれいな人は、いませんか？」

え？　あたし？

「えっと……あの、髪の長い人……なんですけど」

セーラー服のおばさんは、チリチリのショート・ヘアーだ。

え？　名前は？　……しりません。じゃあ、そんなのわかるわけないわよ。だってあたし以外みぃんなロング・ヘアーだもん。ねえ、ミーコ。

あるいていた三毛猫が動きを止めて、ミーと鳴いた。

「えっと、……あの……ゆっくりしゃべる人で……」

ああっ！　細い目を見開いて、おばさんが叫んだ。

「ナミちゃん！　ナミちゃん！　ナミちゃんじゃない？」

えっと、……あの。

「そうよ！　こんなして！」

……ねえ……ぼく……けがはえたら……いらっしゃい。

「あ、そうです」

「やっぱり！　ナミちゃんさがして、わざわざ来てくれたの？　ぼく？」

……えっと、あの……。

さいしょは別の人をさがしてたけど、飽きちゃったから。

と言うべきところを、面倒だからだまっていた。

「ナミちゃんはね……」

あ、ごめんね。と言い、うしろを向く。小刻みに震える白い背中は、なんだかギザＱみたかった。

しまった！　と、おもう。うかつにも俺は、お好み食堂で隣の椅子にニセヤブ先生の絵を置き忘れて来たのだった。

取りにいくべきかどうか、迷う。

「ナミちゃんはね…………死んじゃったのよ」

……………え？

「北川のバラバラ事件、あれ、ナミちゃんだったって！」

「…………」

「犯人はまだ判ってないけど、容疑者は三人いるってよ！」

「…………」

「ナミちゃんはね、音が聞こえなかったのよ。だからあんなふうにしゃべってたの。ね、あんなふうにしゃべられたら、誰だって調子くるっちゃうわよね」

だから…………ね。

「男は、みぃんなくるっちゃうのよ。ナミちゃんに」

「…………」

「あああっ！」

おばさんの叫び声に、通りのみんながふり返る。

「一度でいいから、あたしも殺したいとおもうくらいに愛されてみたいわぁっ！　ねえっ、ミーコ！」

姿の見えない三毛猫がけっこうちかくで、ミーと鳴いた。

徒歩でゆく。

重い胴体を、引きずって。

セミの声が充満する道路の熱を、掻き毟りながら。

あのひとはたぶん、簡単になんて生きてなかった。がんばって簡単そうに見せてただけで。

そんで、俺の必死に生きる生き癖を瞬時に見抜き、安心させようとしてわざと「いきるのって、かんたん」なんて言ったんだ。

歩道橋に、たどり着く。

呼んでみる。

かげの帝王がかげから這い出し、俺の目の前に、ずわん、と立った。全容は、ブラックホールそのものだった。

あるきだす。鼻をつく圧倒的なニオイのうしろを、ついてゆく。クロは、菓子・タバコ・雑貨の『さくま』の前で立ち止まった。


ショッポと、カール。


はじめて聞いたクロの声は、なんとはなしに、なつかしかった。

出て来たさくまのおばさんはギョッとなったが、取り繕ってにこにこわらい、商品ふたつを台の上に並べ置いた。

クロは首のヒモを手繰り寄せ、煮しめたような巾着から一枚一枚硬貨を取り出してプラスチックの皿にのせた。

「はい、まいど」と言いながら、皿ごと裏に持って行く。

おばさんはきっと、水道でクロの硬貨を洗うんだ。

ほい。クロがスナック菓子を俺に差し出す。

受け取るかどうか、迷う。

スナック菓子を押し付けて、クロはじいっと俺を見た。

クロの目は、大事な何かをおもい出そうとしてるような、垂れ気味の奥二重だ。

記憶のアルバムを、高速でめくる。

だが。写真はどれもピンボケで、父さんの顔は、はっきりとはおもい出せない。

ふくろの中身が、肋骨でバリバリ割れる。

俺は両手でそれを、受け取った。

クロは安堵の表情をうかべ、ゆっくりと回れ右して歩道橋の方角へと歩き出す。歩道橋を通りすぎ、トラックがびゅんびゅん走る国道を、スローモーションで横切った。

「どこに行くの？　ねえ、ここに来る前どこにいたの？　何歳？　ほんとの名前を、おしえてよ！　クロちゃん！」

でっかいトラックが通るたび、対岸のクロが遠のく。

そうしてついに。巨大なタンクローリーが通ったあと、クロの後ろ姿は、対岸から消え失せていた。

カールを喰う。残っていた水分が、一滴残らず奪われた。

巴橋を渡る。巴町は、ビルも道路もなにもかも、今朝よりちっちゃくなっていた。

どうしたアキラ、うかねぇツラして。

モリシゲんちの前で、ヤマトに声を掛けられる。

今なにか言ったら、干からびて涙は出ないが、俺は泣く。

さんぽにでも、行くか？

家に向かってヤマトが吠える。しばらくして窓が開き、無精ひげだらけの町会長があらわれた。

浴衣の前をはだけ、見る影もなくやつれ果てた町会長の背後で、大音量のテレビが鳴ってる。

じーさんはああやって日がな一日、テレビの中に茂雄の姿を探しているのさ。

「これはこれは、坂本くん。あいにく茂雄はちょっと用事があって留守なんだが。もうじき帰ってくるだろうから、うちでお茶でも飲んで待っていなさい」

……あ、いえ。あの、ヤマトとさんぽに行って来るんで。

「…………そうか」

町会長が、窓から離れる。

「ならば、これをしてゆきなさい」

ふたたびあらわれた町会長から手渡されたのは、例の黄色い腕章と胴巻きだった。

『わんわんパトロール』に、出掛けてゆく。

安全ピンで腕に留めた腕章はぶかぶかだったが、誇らしかった。家に立ち寄る。外の蛇口を全開にして、横飲みをする。

「エリー！　ヤマトくんが来てくれたよー！」

だがエリは、日出男の作った小屋の中から出て来ようとはしなかった。なんだよ？　どーしたんだよ、エリ？　小屋の奥で丸まっているエリを撫でようと触った瞬間、エリがいきなり俺に嚙みついた。

「いってーーっ！　なにすんだよっ！　このバカ犬！」

止《や》めろっ！　小屋の中からエリを引きずり出そうとした俺の前に立ちはだかり、ヤマトが吠えた。

止めろ、アキラ！　エリちゃんは…………流産してる。

え？　そうなの……エリ？

エリには、テレパシーは通じない。小屋の中に手を入れて、探ってみる。

…………あ。小指ぐらいの、塊に触れた。

「…………赤ちゃん？」

ねえヤマト、これ赤ちゃんなの？

……そうだな。

ねえ、もう死んじゃってるの？

……そうだな。

……そんならもう……日出男は、帰って来ないかも。

家に入る。休日の午後、マチ子はいない。

引き出しを開けデビルマンのハンカチを取り出し、取って返す。黒い塊をそおっとのせる。

ほら、お父さんだよ。ヤマトに差し出す。

ヤマトは、すこしだけにおいを嗅いで、目を伏せた。

……残念だが、そいつは俺の子どもじゃねぇ……アブラハムの……やつの子だ。

え？　放し飼いされている教会犬ハムの本名はアブラハムで、アブラハムの名付け親は山下牧師なのだった。
…………どうってこたねぇ。と、ヤマトは言った。
…………こっちの世界じゃ、よくあること……さ。
よく見るとちいさい黒い塊には、足や尻尾がはえていた。
名前を……つけてやれ、アキラ。
俺が？
そうだ。おめーにはその資格があるとおもうぜ。
ひとつの名前をおもいつく。
『　　　』なんてのは、どうかな？
テレパシーで送信した名前を受信し、ヤマトはひとこと、
イカしてんな。と、言ったのだった。

夏休みの最終日。
俺たちにはあとひとつ、やるべきことができたのだった。
一丁目中央『ろ』コースから、『い』コースに向かって歩く。横断歩道を手を上げて渡り、
公園の花壇のヘリをカニ歩きし、おすいと書かれたマンホールに着地する。

グランドの隅で、おんなの子が空を見上げて泣いていた。

どうしたの？　ピーちゃんがにげちゃったの。ピーちゃん？　手乗り文鳥のピーちゃん。

いつ？　きのうの夕方。ヤマトを見る。ヤマトは小さく首をふった。

広い世界を知ったヤツは、よっぽどのことがないかぎり帰って来ないぜ。

ヤマトがまっすぐ、俺を見る。

交尾してやれ、アキラ。

え？

かわいそうなメスがいたら、交尾してやるのが男だろ。

俺はうつむき、首を振った。

………人間の九歳は、まだ……できないんだ。

……うそ……だろ？

ほんと……なんだ。毛もまだ……はえてないんだ。

空を仰ぎ、ヤマトは言った。

………人間てのは………哀れなもんだな。

見上げた空に、トンビが飛んでる。

おんなの子に「さよなら」を告げ、俺たちはいきおいよく『わんわんパトロール』を再開させた。

巴町商店街のスピーカーから、昔のマーチが流れてくる。

ニッコーセミデラコンのマットを踏む。

店内には、きらきらホコリが舞っていた。

俺たちに気づいた店主が読んでいた本から顔を上げ、「犬は外」と鬼は外のように言った。

覚悟が、決まる。

磨き上げられたガラスケースの上に飛び乗った瞬間、俺の前後左右は、荒野になった。

「なんの真似だ？」

ガキの頃から夢想していた果てしない荒野に、佇む。

「ぼく、強盗をしてるんです」

帽子のツバを持つ。まぼろしのテンガロンハットを被りなおして、俺は言った。

「手を上げろっ！」

俺の言葉に店主は鼻で、ふん、とわらった。

「なにがおかしい？」

勢いよく手綱を引く。ガラスケースに前足を乗せたヤマトが、店主の目より高い位置から、ぼんぼん吠えた。

「これを出せ！」

ケースの中身を、左手で指す。もぞりと動いた店主に向かい、ヤマトが犬歯をむき出しにして、ううっ、と唸った。

「勝手に動くな！」

「お、おい、待て。ほらっ、カギだ。これがないと取り出せないだろう？」

わざとらしく鍵を見せ、わざとらしく金具を外し、ガラスケースをガラガラ開ける。おっとっとっと、と言いながら、機体を取り出す。これ置くから、そこどいて。機体を人質にしたことで、店主はいきなり強気になった。

ケースの上をあけ渡す。

あーあーあーと言いながら店主は、古い肌着の切れ端で、ケースの上を磨きあげ、そおっとそれをのせ置いた。


クラークY形。高翼セスナ。


合板と接着剤のニオイを嗅ぐ。後ろ頭がじんと痺れた。

「だけどこれは完全キットじゃないからね」

だから半分は俺が、俺がこの手で作り上げて……。眼鏡を近づけ、触れるか触れないかギリギリのヤラしい手つきで撫でまわす。どうだい、この色、このツヤ、このライン！

白い機体に、赤のライン。

蛍光灯がてらてら反射し、機体はひどくなまめいていた。

そっと唾をのみ込んだつもりが、大きな音でゴクリと鳴る。満足気にニヤリとわらい、店主は言った。

「じゃあ、行こうか」

……へ？

「一日早いが、まあいいだろう」

内側からボッチを押して、裏口のドアを閉める。コンセントを引き抜いて、看板をしまう。自動ドアを手で閉めて『休憩中』の札を吊るす。裏の空き地に停めてあるライトバンに機体と機材を積み入れるその手際は、あらかじめ決められていたかのようにテキパキしていた。

「キミは助手席、犬は外」

ムダのない動きに気圧《けお》され、指示に従う。

カーブの多い坂道をゆく。バックミラーのヤマトがどんどん遠ざかり、そうしてついに見えなくなった。

「降りろ」

ハゲ山のハゲの部分に到着し、エンジンを切る。

「今ここでオマエを殺して埋めたとしても、きっとだあれも気づかないな」

主導権は完ぺきに、店主の元に移っていた。

遅れて来たヤマトはその場でへたり、土に鼻をつけている。

「ヤマトッ！　来い！」

ヤマトはチラリと一瞥しただけで、そっぽを向いた。

「はは。相棒はグロッキーかな？」

店主はわらい、わらいながら指をなめた。

誰もいない広大な空き地が、広大な密室と化す。

ああ。と、おもう。こんなことなら俺は今日、ばーちゃんと日曜学校に行っときゃよかった！

溝口さんと暗唱テストを受け、溝口さんと讃美歌をうたい、溝口さんと大人の悪口をひそひそ声で言い合う。帰り道、コロッケパンを買い喰いしながら石を蹴る。きっと今ごろ、ばーちゃんは婦人会の午後の伝道活動で、駅前の広場あたりで讃美歌の下のパートをうたってる。

おもい知る。失われた日曜は、失われた楽園だった！

自らすすんで罪びととなった俺は、罰として楽園とは程遠い土だらけのハゲ山にいて、指をチュパチュパやりながらちかづいてくるクレイジーな人間と、差し向かいになっている。

後じさる。店主はじりりりじりり、と前に出た。

チュパッ、と大きな音が鳴る。

「よかったな」

ツバで濡れた人差し指を宙にかざし、店主は言った。

「こんな、なぎは、めったにない」

ほらよ。差し出された送信機を、受け取る。

送信機は、おもったよりか重かった。

「エンジン・ハイ、エンジン・スロー」

片方のスティックの、上下を示す。

「一度しか言わんよ」

「…………」

「ラダー左、ラダー右。やってみ」

言われたとおり、スティックを左右に動かす。すこし離れて置いてあるセスナの垂直尾翼が連動し、左右に動いた。

「エレベーター・アップ、エレベーター・ダウン」

水平尾翼が、上下する。

「どうだい？」

やっぱ、キミにはまだ早いかな？

彼方に見える切り出された山肌は、地層になってる。

俺は…………と、おもう。

何億年もただひたすらに、この瞬間を待っていた！

「できます」と、俺は言った。

「やります」。俺は自分に、言い聞かせた。

「そうこなくっちゃ！」

パチンと指を鳴らし、ステップを踏む。

「ツイストさ」と、店主は言った。

「じゃあこれは、いったん返して」

手応えを感じ始めた送信機を、取り上げられる。

「じゃあ今度は、これ持って」

慌ただしく機体本体を、渡される。

「地面がイマイチだから、手投げでいくぞ」

機体本体は、おもったよりかでかかった。

バランスを崩して、よろける。

「やっぱ、無理じゃんか」と、店主は言った。

店主がハマッ子だとしたら……こんなやつでもマチ子の射程圏に入るのか？

「しゃーない、アテンドしてやっか」

右手で、ここ。左手は、ここ。

背後から、アテンド、される。

「角度は水平、やや上向きに。浮力を感じたら、押し出すように。返事！」

………あ、はい。

「こうして、こう。こうして、こう。じゃあ、ひとりでやってみ」

………あ、はい。ひとりで、やる。

「いいじゃんか！」と、店主は言った。

お、風が出てきたな。またしても指チュパをやる。

「あっちだ！　風上にむかって走れ！」

言われた方向にむかって、俺は走った。

人知れず復活したヤマトが、彼方より近づく。

一瞬にして追いつき、俺に向かってぼんぼん吠えた。

あ。

おもい出す。俺はすかさず「タンマ！」を掛けた。

わずかな草地に機体をおろし、靴ヒモを直すと見せかけて機密任務を遂行する。ルートに戻り、ふたたび走る。

ヤマトのスタミナと俺たちの友情は、何事もなかったかのように復旧していた。並走する。

風が、芽吹く。俺の外側と内側に、同時に風が吹き始める。

ゆうがたの風には、潮の匂いがまじってた。

そくどをあげると、気管支が鳴った。

来るかな？　と、おもう。小児ぜんそくの気配に慄き、そくどがおちる。

おいどうした、もっと気合い入れて走れ！　店主が叫んだ。

「もたもたすんな！　いくぞ！」

エンジンの唸りが、頭上でいきなりハイになる。

手にした機体が、軽くなる。

「今だっ！　押し出せ！」

練習したフォームで俺は、機体を前に押し出した。

手から離れる。

エンジンの振動冷めやらぬ手に、駆け寄って来た店主から送信機を手渡される。

俺は両手でそれを、受け取った。

「旋回するぞ！」

背後からのアテンドに従い、スティックを操り、大回りで旋回する。

「すぐに戻せ」

スティックを戻す。

かがやく機体が、こちらに向かって飛んで来た。

頭上を、すぎる。

その瞬間。俺はあいつに、憑依した。

身持ちの悪いメスに宿り、うまれる前に死んでしまった子犬の名前は、『ジョニクロ』、だった。

血統書どころかニセの血統書にすら記載されない名前は、だがそれ自体、唯一無二の絶対王者なのだった。

靴ヒモを直すふりをして主翼を留めるゴム紐の中心にくくりつけたあいつが、遠隔操作の俺になる。

そして、知る。

磔《はりつけ》のまま同時に見おろした七つの丘には、白地図に描かれていた等高線など一本もなかった。

あるのはただ、みすぼらしく哀し気でやさし気な家々の連なりと、行き交うむすうの人間だけだ。

父さん。

あんなにうじゃうじゃ人間がいて、でも父さんはあの中のどこをさがしても、もうどこにもいないんだね……。

父さんをさがすのはだからもう…………おわりにしなきゃ、なんだね…………。

父さん。

だけど、父さん。

俺はいつか、この町を出てく。
父さん。
送信機を握りしめ、俺は、祈る。
どうかどうかどうかどうかどうかどうかどうか…………
宙返りを、決めてみる。
俺の頭上に町内があり、俺の眼下は、空だった。
眼下の空が、はるかとおくで海になる。
二回転目に、突入する。
ふいに。山肌のジュラ紀あたりが、迫りくる。
あ。と、おもう。
激突の瞬間は、爆音でもなく、爆風でもなく。
なぎ、だった。

さよなら。と、俺。
さいなら。と、なつかしい声。

激しく、せき込む。

ひっくり返った機体の上で、前輪がカラカラ鳴った。

猛スピードでヤマトが追いつき、機体の周りを二周三周嗅ぎまわる。

任務完了！

ヤマトからの通信を、受け取る。

ジョニクロを空へ送り届け、飛行機葬が完了した。


「気が済んだだろ？」

しゃがみ込み激しくせき込む俺の背中を撫でながら、店主は言った。

「もう帰んなさい。夏休みの宿題は済んだの？」

「…………いえ」

「そんなこったろうとおもった。今ごろみんな必死に宿題やってんぞ」

「…………」

「だけど今年はラッキーだったな。最終日が日曜なんてな！　お父さんに手伝ってもらって、ちゃっちゃと宿題やっちゃいな」

ハッピー・バースデイ！


と、店主は言った。

胸ポケットから取り出した紙を遠ざけ、読み上げる。

「ええっと……アキラどの。お誕生日おめでとう。立派な人になってください。メッセージは以上！」

「…………」

「ほんとなら明日の午後、君んちに届けることになってたからさ」

壊れちゃって、残念だったね。

「…………なんで…………」

「なんで言わなかったのか？　って？」

ふっ、とわらう。

「遊びゴコロさ、模型屋の」

土ぼこりが、風に舞う。

「送ってくか？」

背中の手を、ふりほどく。

「おおっ、こわっ」
店主はおどけ、そのあとでバラバラになった機体の破片を回収した。
「じゃ、これも一応あずかっとくか」
送信機を取り上げられる。
すべてを荷台に積み込んで、店主は言った。
「修理代は別料金。お父さんによろしくな」
まいど、という言葉を残し、ライトバンがとおざかる。
夏休みの最終日。
かくじつに、夜の長さは、ながくなってる。
ヒューヒューとのどを鳴らし、せき込みながら下山する。
…………ごめん。
…………いいって、ことよ。
『大失敗して、ふり出しへもどる』
ひとりと一頭が、とぼとぼと家路につく。
巴町商店街のお店はすでに、ところどころが歯抜けのように閉まってた。
夏休みの終わりを告げるかのように『蛍の光』が、ひび割れたスピーカーから流れてくる。

巴町公園のグランドの脇をゆく。

「タンマ」をかけ、その場にしゃがむ。

家にたどり着く前に俺は、涙をしぼっておきたかった。


帰って来い！

日出男っ！


カサブタのあるひざを抱え、横浜全土を揺るがすテレパシーで、俺は叫んだ。

これじゃあお礼も言えねーじゃんか！

溜まった涙が垂れる瞬間、道路を隔てた向かいの家で、火がついたように赤ん坊が泣き出した。


…………先を、越されちまったな。

立ち上がる。

剝がれかかったカサブタを、ヤマトがなめた。

帰って来たぜ。

驚いて、声の方角を見る。

「やっぱ俺、向いてねーんだ。仕事とかって」

首吊りの木の、いつも俺がいる安全地帯に陣取って、そいつは言った。

「やっぱ俺ら、一生あそんで暮らそうぜ！」

激しく、せき込む。

「え？　夏カゼ？　だいじょぶ？」

軽い調子で、そいつは言った。

こらえたままの涙目で、にらむ。

「こっえー」

かお、こっえー。

こっちがよわってるのをいいことに、どんどん畳み掛けてくる。

「けどやっぱさ、その腕章ってかっちょわりぃよなっ！」

どっかの家から漏れてくる甘口のカレーの匂いに刺激され、へんな音で腹が鳴る。

「ひょっとしてアキラ、腹ん中にカエルがいんじゃね？」

黒い葉っぱの間から、ムーン・ビームがふりそそぐ。
うひょひょ。
と、わらう。
悔しいが、俺にはそいつが、光って見えた。

【主な参考資料】

『ヨコハマメリー』中村高寛／河出文庫
『天使はブルースを歌う』山崎洋子／亜紀書房
『横浜の時を旅する』山崎洋子／春風社
『聞き書き 横濱物語』聞き書き・小田豊二、語り・松葉好市／集英社
『聞き書き 横濱中華街物語』聞き書き・小田豊二、語り・林兼正／集英社
『裏横浜』八木澤高明／ちくま新書
『黄金町マリア』八木澤高明／亜紀書房
『消えた横浜娼婦たち』檀原照和／データハウス
『白い孤影　ヨコハマメリー』檀原照和／ちくま文庫
『浮世一代女』野坂昭如／新潮社
『つなぐ手』中川由布子／河出書房新社
『PASS #2　ハマのメリーさん』森日出夫／壮神社
『戦後横浜に生きる　奥村泰宏・常盤とよ子写真展』編集・横浜都市発展記念館／横浜市ふるさと歴史財団
『ラジコン飛行機入門』伊藤佳考／日本放送出版協会
『ラジコン飛行機入門』成家儀一／電波実験社
「横濱」２０１１年秋号／神奈川新聞社
「横濱」２０１６年夏号／神奈川新聞社

「最新RC飛行機完全攻略」コスミック出版
映画「ヨコハマメリー」監督・中村高寛
映画「天国と地獄」監督・黒澤明
YouTube「並木道夫の横浜どこでも散歩」

初出　「すばる」2023年6月号
取材協力　ラジコンショップはっぴ～
装丁　大久保伸子
装画　早川世詩男

永井みみ（ながい・みみ）

1965年神奈川県生まれ。
2021年『ミシンと金魚』で第45回すばる文学賞を受賞しデビュー。
同作は三島由紀夫賞、野間文芸新人賞にノミネートされ、
「ダ・ヴィンチ編集部が選ぶプラチナ本 OF THE YEAR! 2022」に
選出された。

ジョニ黒《クロ》

2023年 11月30日　第1刷発行

著　者　永井《ながい》みみ

発行者　樋口尚也

発行所　株式会社 集英社

〒101-8050　東京都千代田区一ツ橋2-5-10

電話　03-3230-6100（編集部）

03-3230-6080（読者係）

03-3230-6393（販売部）書店専用

印刷所　大日本印刷株式会社

製本所　加藤製本株式会社

ISBN978-4-08-771853-9　C0093

定価はカバーに表示してあります。

集英社・永井みみの本

ミシンと金魚

「カケイさんは、今までの人生をふり返って、しあわせでしたか？」

ある日、認知症を患う〝あたし〟は、ヘルパーのみっちゃんから尋ねられる。

暴力と愛情、幸福と絶望、諦念と悔悟……絡まりあう記憶の中から語り始められる、凄絶な「女の一生」。

第45回すばる文学賞受賞作品。